中国学术名著丛书

新诗杂话

朱自清

吉林出版集团股份有限公司

图书在版编目（CIP）数据

朱自清：新诗杂话 / 朱自清著 . — 长春：吉林出版集团股份有限公司，2016.7（2022.2 重印）
（中国学术名著丛书）
ISBN 978-7-5581-1203-4

Ⅰ . ①朱… Ⅱ . ①朱… Ⅲ . ①新诗-诗歌研究-中国-文集 Ⅳ . ① I207.25-53

中国版本图书馆 CIP 数据核字（2016）第 157729 号

朱自清：新诗杂话

著　　者　朱自清
出版策划　杜贞霞
责任编辑　王　平
封面设计　映象视觉
开　　本　710mm × 1000mm　1/16
字　　数　208 千
印　　张　14.5
版　　次　2016 年 9 月第 1 版
印　　次　2022 年 2 月第 3 次印刷

出版发行　吉林出版集团股份有限公司
电　　话　总编办：010-63109269
　　　　　发行部：010-63109269
印　　刷　众鑫旺（天津）印务有限公司

ISBN 978-7-5581-1203-4　　定价：48.00 元

目录

新诗杂话

诗言志辨

新诗杂话

序

远在民国二十五年（1936年），我曾经写过两篇《新诗杂话》，发表在二十六年（1937年）一月《文学》的《新诗专号》上。后来抗战了，跟着学校到湖南，到云南，很少机会读到新诗，也就没有什么可说的。三十年（1941年）在成都遇见厉歌天先生，他搜集的现代文艺作品和杂志很多。那时我在休假，比较闲些，厉先生让我读到一些新诗，重新引起我的兴味。秋天经过叙永回昆明，又遇见李广田先生，他是一位研究现代文艺的作家，几次谈话给了我许多益处，特别是关于新诗。于是到昆明后就写出了第三篇《新诗杂话》，本书中题为《抗战与诗》。那时李先生也来了昆明，他鼓励我多写这种“杂话”。果然在这两年里我又陆续写成了十二篇，前后十五篇居然就成了一部小书。感谢厉先生和李先生，不是他们的引导，我不会写出这本书。

我就用《新诗杂话》作全书的名字，另外给各篇分别题名。我们的“诗话”向来是信笔所至，片片段段的，甚至琐琐屑屑的，成系统的极少。本书里虽然每篇可以自成一单元，但就全书而论，也不是系统的著作。因为原来只打算写一些随笔。

自己读到的新诗究竟少，判断力也不敢自信，只能这么零碎的写一些。所以便用了“诗话”的名字，将这本小书称为《新诗杂话》。不过到了按着各篇的分题编排目录时，却看出来这十五节新诗话也还可以归为几类，不至于彼此各不相干。这里讨论到诗的动向，爱国诗，诗素种种，歌谣同译诗，诗声律等，范围也相当宽，虽然都是不赅不备的。而十五篇中多半在“解诗”，因为作者相信意义的分析是欣赏的基础。

作者相信文艺的欣赏和了解是分不开的，了解几分，也就欣赏几分，或不欣赏几分，而了解得从分析意义下手。意义是很复杂的。朱子说“晓得文义是一重，识得意思好处是一重”，他将意义分出“文义”和“意思”两层来，很有用处，但也只说得个大概，其实还可细分。朱子的话原就解诗而论，诗是最经济的语言，“晓得文义”有时也不易，“识得意思好处”再要难些。分析一首诗的意义，得一层层挨着剥起去，一个不留心便逗不拢来，甚至于驴头不对马嘴。书中各篇解诗，虽然都经过一番思索和玩味，却免不了出错。有三处经原作者指出，又一处经一位朋友指出，都已改过了。别处也许还有，希望读者指教。

原作者指出的三处，都是卞之琳先生的诗。第一是《距离的组织》，在《解诗》篇里。现在抄出这首诗的第五行跟第十行（末行）来：

（醒来天欲暮，无聊，一访友人罢。）

……

友人带来了雪意和五点钟。

括弧里我起先以为是诗中的“我”的话，因为上文说入梦，并提到“暮色苍茫”，下文又说走路。但是才说入梦，不该就“醒”，而下文也没有提到“访友”，倒是末行说到“友人”来“访”。这便逗不拢了。后来经卞先生指点，才看出这原来是那“友人”的话，所以放在括弧里。他也午睡来着。他要“访”的“友人”，正是诗中没有说出的“我”。下文“忽听得一千重门外有自己的名字”，便是这来“访”的“友人”在叫。那走路正是在模糊的梦境中，并非梦中的“醒”。我是疏忽了“暮”和“友人”这两个词。这行里的“天欲暮”跟上文的“暮色苍茫”是一真一梦，这行里的“友人”跟下文的“友人”是一我一他。混为一谈便不能“识得意思”了。

第二是《淘气》的末段：

> 哈哈！到底算谁胜利？
> 你在我对面的墙上
> 写上了“我真是淘气”。

写的是“你”，读的可是“我”；“你”写来好像是“你”自认“淘气”，“我”读了便变成“我”真是淘气了。所以才有“到底算谁胜利？”那玩笑是问句。我原来却只想到自认淘气的“真是淘气”那一层。第三是《白螺壳》，我以为只是情诗，卞先生说也象征着人生的理想跟现实。虽然这首诗的亲密的口气容易教人只想到情诗上去，但“从爱字通到哀字”，也尽不妨包罗万有。这两首诗都在《诗与感觉》一篇里。

《朗读与诗》里引用鸥外鸥先生《和平的础石》诗，也闹了错儿。这首诗从描写香港总督的铜像上见出“意思”。我过分地看重了那“意思”，将描写当做隐喻。于是“金属了的手”，“金属了的他”，甚至“铜绿的苔藓”都变成了比喻，“文义”便受了歪曲。我是求之过深，所以将铜像错过了。指出来的是浦江清先生。感谢他和卞先生，让我可以提供几个亲切有味的例子，见出诗的意义怎样复杂，分析起来怎样困难，而分析又确是必要的。

这里附录了麦克里希《诗与公众世界》的翻译。麦克里希指出英美青年诗人的动向。这篇论文虽然是欧洲战事以前写的，却跟本书《诗的趋势》中所引述的息息相通，值得参看。

朱自清

1944年10月，昆明

新诗的进步

在《新文学大系·诗集》《导言》末尾，我说：“若要强立名目，这十年来的诗坛就不妨分为三派：自由诗派，格律诗派，象征诗派。”有一位老师不赞成这个分法，他实在不喜欢象征派的诗，说是不好懂。有一位朋友，赞成这个分法，但我的按而不断，他却不以为然。他说这三派一派比一派强，是在进步着的，《导言》里该指出来。他的话不错，新诗是在进步着的。许多人看着作新诗读新诗的人不如十几年前多，而书店老板也不欢迎新诗集，因而就悲观起来，说新诗不行了，前面没有路。路是有的，但得慢慢儿开辟。只靠一二十年工夫便想开辟出到诗国的康庄新道，未免太急性儿。

这几年来我们已看出一点路向。《〈大系·诗集〉编选感想》里我说要看看启蒙期诗人“怎样从旧镣铐里解放出来，怎样学习新语言，怎样找寻新世界”。但是白话的传统太贫乏，旧诗的传统太顽固，自由诗派的语言大抵熟套多而创作少（闻一多先生在什么地方说新诗的比喻太平凡，正是此意），境界也只是男女和愁叹，差不多千篇一律。咏男女自然和旧诗不同，可是大家都泛泛着笔，也就成了套子。当然有例外，郭沫若先生歌咏大自然，是最特出的。格律诗派的爱情诗，不是纪实的而是理想的爱情诗，至少在中国诗里是新的。他们的奇丽的譬喻——即使不全是新创的——也增富了我们的语言。徐志摩、闻一多两位先生是代表。从这里再进一步，便到了象征诗派。象征诗派要表现的是些微妙的情境，比喻是他们的生命，但是“远取譬”而不是“近取譬”。所谓远近不指比喻的材料而指比喻的方法，他们能在普通人以为不同的事物中间看出同来。他们发现事物间的新关系，并且用最经济的方法将这关系组织成诗。所谓“最经济的”就是将一些联络的字句省掉，让读者运用自己的想像力搭起桥来。没有看惯的只觉得一盘散沙，但实在不是沙，是有机体。要看出有机体，得有相当的修养与训练，看懂了才能说作得好坏——坏的自然有。

另一方面，从新诗运动开始，就有社会主义倾向的诗。旧诗里原有叙述民间疾苦的诗，并有人像白居易，主张只有这种诗才是诗。可是新诗人的立场不同，不是从上层往下看，是与劳苦的人站在一层而代他们说话——虽然只是理论上如此。这一面也有进步。初期新诗人大约对于劳苦的人实生活知道的太少，只凭着信仰的理论或主义发挥，所以不免是概念的，空架子，没力量。近年来乡村运动兴起，乡村的生活实相渐渐被人注意，这才有了有血有肉的以农村为题材的诗。臧克家先生可为代表。概念诗唯恐其空，所以话不厌详，而越详越觉罗唆。像臧先生的诗，就经济得多。他知道节省文字，运用比喻，以暗示代替说明。

现在似乎有些人不承认这类诗是诗，以为必得表现微妙的情境的才是的。另一些人却以为象征诗派的诗只是玩意儿，于人生毫无益处。这种争论原是多少年解不开的旧连环。就事实上看，表现劳苦生活的诗与非表现劳苦生活的诗历来就并存着，将来也不见得会让一类诗独霸。那么，何不将诗的定义放宽些，将两类兼容并包，放弃了正统意念，省了些无效果的争执呢？从前唐诗派与宋诗派之争辩，是从另一角度着眼。唐诗派说唐以后无诗，宋诗派却说宋诗是新诗。唐诗派的意念也太狭窄，扩大些就不成问题了。

1936年

解　诗

今年上半年，有好些位先生讨论诗的传达问题。有些说，诗应该明白清楚；有些说，诗有时候不能也不必像散文一样明白清楚。关于这问题，朱孟实先生《心理上个别的差异与诗的欣赏》（二十五年〈1936年〉十一月一日《大公报·文艺》）确是持平之论。但我所注意的是他们举过的传达的例子。诗的传达，和比喻及组织关系甚大。诗人的譬喻要新创，至少变故为新，组织也总要新，要变。因此就觉得不习惯，难懂了。其实大部分的诗，细心看几遍，也便可明白的。

譬如灵雨先生在《自由评论》十六期所举林徽音女士《别丢掉》一诗（原诗见二十五年三月十五日天津《大公报》）：

别丢掉
这一把过往的热情，
现在流水似的，
轻轻
在幽冷的山泉底，
在黑夜，在松林，
叹息似的渺茫，
你仍要保存着那真！

一样是月明，
一样是隔山灯火，
满天的星，
只有人不见，
梦似的挂起，
你问黑夜要回
那一句话——
你仍得相信
山谷中留着
有那回音！

这是一首理想的爱情诗，托为当事人的一造向另一造的说话。说你“别丢掉”“过往的热情”，那热情“现在”虽然“渺茫”了，可是“你仍要保存着那真”。三行至七行是一个显喻，以“流水”的“轻轻”“叹息”比“热情”的“渺茫”，但诗里“渺茫”似乎是形容词。下文说“月明”（明月），“隔山灯火”，“满天的星”，和往日两人同在时还是“一样”，只是你却不在了，这“月”，这些“灯火”，这些“星”，只“梦似的挂起”而已。你当时说过“我爱你”这一句话，虽没第三人听见，却有“黑夜”听见。你想“要回那一句话”，你可以“问黑夜要回那一句话”。但是“黑夜”肯了，“山谷中留着有那回音”，你的话还是要不回的。总而言之，我还恋着你。“黑夜”可以听话，是一个隐喻。第一二行和第八行本来是一句话的两种说法，只因“流水”那个长比喻，又带着转了个弯儿，便容易把读者绕住了。“梦似的挂起”本来指明月灯火和星，却插了“只有‘人’不见”一语，也容易教读者看错了主词。但这一点技巧的运用，作者是应该有权利的。

邵洵美先生在《人言周刊》三卷二号里举过的《距离的组织》一首诗，最可见出上文说的经济的组织方法。这是卞之琳先生《鱼目集》中的一篇。《鱼目集》里有几篇诗的确难懂，像《圆宝盒》，曾经刘西渭先生和卞先生往复讨论，我大胆说，那首诗表现的怕不充分。至于《距离的组织》，却想试为解说，因为这实在是个合适的例子。

想独上高楼读一遍“罗马兴亡史”，
忽有罗马灭亡星出现在报上。
报纸落。地图开，因想起远人的嘱咐。
寄来的风景也暮色苍茫了。
（醒来天欲暮，无聊，一访友人罢。）
灰色的天。灰色的海。灰色的路。
哪儿了？我又不会向灯下验一把土。
忽听得一千重门外有自己的名字。
好累呵！我的盆舟没有人戏弄吗？
友人带来了雪意和五点钟。

这诗所叙的事只是午梦。平常想着中国情形有点像罗马衰亡的时候，一般人都醉生梦死的；看报，报上记着罗马灭亡时的星，星光现在才传到地球上（原有注）。睡着了，报纸落在地下，梦中好像在打开“远”方的罗马地图来看，忽然想起“远”方（外国）友人来了，想起他的信来了。他的信附寄着风景片，是“灰色的天，灰色的海，灰色的路”的暮色图；这时候自己模模糊糊的好像就在那“灰色的天，灰色的海，灰色的路”里走着。天黑了，不知到了哪儿，却又没有《大公报》所记王同春的本事，只消抓一把土向灯一瞧就知道什么地方（原有注）。忽然听见有人叫自己名字，由远而近，这一来可醒了。好累呵，却不觉得是梦，好像自己施展了法术，在短时间渡了大海来着；这就想起了《聊斋志异》里记白莲教徒的事，那人出门时将草舟放在水盆里，门人戏弄了一下，他回来就责备门人，说过海时翻了船（原有注）。这里说：太累了，别是过海时费力驶船之故罢。等醒定了，才知道有朋友来访。这朋友也午睡来着，“醒来天欲暮，无聊，一访友人罢。”这就来访问了。来了就叫自己的名字，叫醒了自己。“醒来天欲暮”一行在括弧里，表明是另一人，也就是末行那“友人”。插在第四六两行间，见出自己直睡到“天欲暮”，而风景片中也正好像“欲暮”的“天”，这样梦与真实便融成一片；再说这一行是就醒了的缘由，插在此处，所谓蛛丝马迹。醒时是五点钟，要下雪似的，还是和梦中景色，也就是远人寄来的风景片一样。这篇诗是零乱的诗境，可又是一个复杂的有机体，将时间空间的远距离用联想组织在短短的午梦和小小的篇幅里。这是一种解放，一种自由，同时又是一种情思的操练，是艺术给我们的。

1936年

诗与感觉

诗也许比别的文艺形式更依靠想像。所谓远，所谓深，所谓近，所谓妙，都是就想像的范围和程度而言。想像的素材是感觉，怎样玲珑缥缈的空中楼阁都建筑在感觉上。感觉人人有，可是或敏锐，或迟钝，因而有精粗之别。而各个感觉间交互错综的关系，千变万化，不容易把捉，这些往往是稍纵即逝的。偶尔把捉着了，要将这些组织起来，成功一种可以给人看的样式，又得有一番功夫，一副本领。这里所谓可以给人看的样式便是诗。

从这个立场看新诗，初期的作者似乎只在大自然和人生的悲剧里去寻找诗的感觉。大自然和人生的悲剧是诗的丰富的泉源，而且一向如此，传统如此。这些是无尽宝藏，只要眼明手快，随时可以得到新东西。但是花和光固然是诗，花和光以外也还有诗，那阴暗，潮湿，甚至霉腐的角落儿上，正有着许多未发现的诗。实际的爱固然是诗，假设的爱也是诗。山水田野里固然有诗，灯红酒酽里固然有诗，任一些颜色，一些声音，一些香气，一些味觉，一些触觉，也都可以有诗。惊心怵目的生活里固然有诗，平淡的日常生活里也有诗。发现这些未发现的诗，第一步得靠敏锐的感觉，诗人的触角得穿透熟悉的表面向未经人到的底里去。那儿有的是新鲜的东西。闻一多、徐志摩、李金发、姚蓬子、冯乃超、戴望舒各位先生都曾分别向这方面努力。而卞之琳、冯至两位先生更专向这方面发展，他们走得更远些。

假如我们说冯先生是在平淡的日常生活里发现了诗，我们可以说卞先生是在微细的琐屑的事物里发现了诗。他的《十年诗草》里处处都是例子，但这里只能举一两首。

淘气的孩子，有办法：
叫游鱼啮你的素足，
叫黄鹂啄你的指甲，
野蔷薇牵你的衣角……

白蝴蝶最懂色香味，
寻访你午睡的口脂。
我窥候你渴饮泉水，
取笑你吻了你自己。

我这八阵图好不好？
你笑笑，可有点不妙，
我知道你还有花样！

哈哈！到底算谁胜利？
你在我对面的墙上
写上了“我真是淘气”。

（《淘气》，《装饰集》）

这是十四行诗。三四段里活泼的调子。这变换了一般十四行诗的严肃，却有它的新鲜处。这是情诗，蕴藏在“淘气”这件微琐的事里。游鱼的啮，黄鹂的啄，野蔷薇的牵，白蝴蝶的寻访，“你吻了你自己”，便是所谓“八阵图”；而游鱼，黄鹂，野蔷薇，白蝴蝶都是“我”“叫”它们去做这样那样的，“你吻了你自己”，也是“我”在“窥候”着的，“我这八阵图”便是治“淘气的孩子”——“你”——的“办法”了。那“啮”，那“啄”，那“牵”，那“寻访”，甚至于那“吻”，都是那“我”有意安排的，那“我”其实在分享着这些感觉。陶渊明《闲情赋》里道：

愿在丝而为履，附素足以周旋；
悲行止之有节，空委弃于床前。
愿在昼而为影，常依形而西东；
悲高树之多阴，慨有时而不同。

感觉也够敏锐的。那亲近的愿心其实跟本诗一样，不过一个来得迫切，一个来得从容罢了。“你吻了你自己”也就是“你的影子吻了你”，游鱼、黄鹂、野蔷薇、白蝴蝶也都是那“你”的影子。凭着从游鱼等等得到的感觉去想像“你”，或从“你”得到的感觉叫“我”想像游鱼等等，而“我”又“叫”游鱼等等去做这个那个，“我”便也分享这个那个。这已经是高度的交互错综，而“我”还分享着“淘气”。“你”“写下了”“我真是淘气”，是“你”“真是淘气”，可是“我对面”读这句话，便成了“‘我’真是淘气”了。那治“淘气的孩子”——“你”——的“八阵图”，到底也治了“我”自己。“到底算谁胜利？”瞧“我”为了“你”这么颠颠倒倒的！这一个回环复沓不是钟摆似的来往，而是螺旋似的钻进人心里。

《白螺壳》诗（《装饰集》）里的“你”“我”也是交互错综的一例。

空灵的白螺壳，你，
孔眼里不留纤尘，
漏到了我的手里，
却有一千种感情：
掌心里波涛汹涌，
我感叹你的神工，

你的慧心啊，大海，
你细到可以穿珠！
可是我也禁不住：
你这个洁癖啊，唉！

（第一段）

玲珑，白螺壳，我？
大海送我到海滩，
万一落到人掌握，
愿得原始人喜欢，
换一只山羊还差
三十分之二十八；
倒是值一只蟠桃。
怕给多思者检起，
空灵的白螺壳，
你卷起了我的愁潮！

（第三段）

这是理想的人生（爱情也在其中），蕴藏在一个微琐的白螺壳里。“空灵的白螺壳”“却有一千种感情”，象征着那理想的人生——“你”。“你的神工”，“你的慧心”的“你”是“大海”，“你细到可以穿珠”的“你”又是“慧心”，而这些又同时就是那“你”。“我”？“大海送我到海滩”的“我”，是代白螺壳自称，还是那“你”。最愿老是在海滩上，“万一落到人掌握”，也只“愿得原始人喜欢”，因为自己一点用处没有——换山羊不成，“值一只蟠桃”，只是说一点用处没有。原始人有那股劲儿，不让现实纠缠着，所以不在乎这个。只“怕给多思者检起”，怕落到那“我的手里”。可是那“多思者”的“我”“检起”来了，于是乎只有叹息：“你卷起了我的愁潮！”“愁潮”是现实和理想的冲突，而

“潮”原是属于“大海”的。

请看这一湖烟雨，
水一样把我浸透，
像浸透一片鸟羽。
我仿佛一所小楼
风穿过，柳絮穿过，
燕子穿过像穿梭，
楼中也许有珍本，
书叶给银鱼穿织
从爱字通到哀字——
出脱空华不就成！

（第二段）

我梦见你的阑珊：
檐溜滴穿的石阶，
绳子锯缺的井栏……
时间磨透于忍耐！
黄色还诸小鸡雏，
青色还诸小碧梧，
玫瑰色还诸玫瑰，
可是你回顾道旁，
柔嫩的蔷薇刺上
还挂着你的宿泪。

（第四段完）

从“波涛汹涌”的“大海”想到“一湖烟雨”，太容易“浸透”的是那“一片鸟羽”。从“一湖烟雨”想到“一所小楼”，从“穿珠”想到

“风穿过，柳絮穿过，燕子穿过像穿梭”，以及“书叶给银鱼穿织”，而“珍本”又是从藏书楼想到的。“从爱字通到哀字”，“一片鸟羽”也罢，“一所小楼”也罢，“楼中也许有”的“珍本”也罢，“出脱空华（花）”，一场春梦！虽然“时间磨透于忍耐”，还只“梦见你的阑珊”。于是“黄色还诸小鸡雏……”，“你”是“你”，现实是现实，一切还是一切。可是“柔嫩的蔷薇刺上”带着宿雨，那是“你的宿泪”。“你”“有一千种感情”，只落得一副眼泪，这又有什么用呢？那“宿泪”终于会干枯的。这首诗和前一首都不显示从感觉生想像的痕迹，看去只是想像中一些感觉，安排成功复杂的样式。——“黄色还诸小鸡雏”等三行可以和冯至先生的

铜炉在向往深山的矿苗，
瓷壶在向往江边的陶泥，
它们都像风雨中的飞鸟
各自东西。

（《十四行集》，二一）

对照着看，很有意思。

《白螺壳》诗共四段，每段十行，每行一个单音节，三个双音节，共四个音节。这和前一首都是所谓“匀称”“均齐”的形式。卞先生是最努力创造并输入诗的形式的人，《十年诗草》里存着的自由诗很少，大部分是种种形式的试验，他的试验可以说是成功的。他的自由诗也写得紧凑，不太参差，也见出感觉的敏锐来，《距离的组织》便是一例。他的《三秋草》里还有一首《过路居》，描写北平一间人力车夫的茶馆，也是自由诗，那些短而精悍的诗行由会话组成，见出平淡的生活里蕴藏着的悲喜剧。那是近乎人道主义的诗。

1943年

诗与哲理

新诗的初期，说理是主调之一。新诗的开创人胡适之先生就提倡以诗说理，《尝试集》里说理诗似乎不少。俞平伯先生也爱在诗里说理，胡先生评他的诗，说他想兼差作哲学家。郭沫若先生歌颂大爱，歌颂“动的精神”，也带哲学的意味，不过他的强烈的情感能够将理融化在他的笔下，是他的独到处。那时似乎只有康白情先生是个比较纯粹的抒情诗人。一般青年以诗说理的也不少，大概不出胡先生和郭先生的型式。

那时是个解放的时代。解放从思想起头，人人对于一切传统都有意见，都爱议论，作文如此，作诗也如此。他们关心人生，大自然，以及被损害的人。关心人生，便阐发自我的价值；关心大自然，便阐发泛神论；关心被损害的人，便阐发人道主义。泛神论似乎只见于诗，别的两项，诗文是一致的。但是文的表现是抽象的，诗的表现似乎应该和文不一样。胡先生指出诗应该是具体的。他在《谈新诗》里举了些例子，说只是抽象的议论，是文不是诗。当时在诗里发议论的确是不少，差不多成了风气。胡先生所提倡的“具体的写法”固然指出一条好路，可是他的诗里所用具体的譬喻似乎太明白，譬喻和理分成两橛，不能打成一片，因此，缺乏暗示的力量，看起来好像是为了那理硬找一套譬喻配上去似的。别的作者也多不免如此。

民国十四年（1925年）以来，诗才专向抒情方面发展。那里面“理想的爱情”的主题，在中国诗实在是个新的创造，可是对于一般读者不免生疏些。一般读者容易了解经验的爱情，理想的爱情要沉思，不耐沉思的人不免隔一层。后来诗又在感觉方面发展，以敏锐的感觉为抒情的骨子，一般读者只在常识里兜圈子，更不免有隔雾看花之憾。抗战以后的诗又回到议论和具体的譬喻，也不是没有理由的。当然，这时代诗里的议论比较精切，譬喻也比较浑融，比较二十年前进步了，不过趋势还是大体相同的。

另一方面，也有从敏锐的感觉出发，在日常的境界里体味出精微的哲理的诗人。在日常的境界里体味哲理，比从大自然体味哲理更进一步。因为日常的境界太为人们所熟悉了，也太琐屑了，它们的意义容易被忽略过去，只有具有敏锐的手眼的诗人才能把捉得住这些。这种体味和大自然的体味并无优劣之分，但确实是进了一步。我心里想着的是冯至先生的《十四行集》。这是冯先生去年一年中的诗，全用十四行体，就是商籁体写成。十四行是外国诗体，从前总觉得这诗体太严密，恐怕不适于中国语言。但近年读了些十四行，觉得似乎已经渐渐圆熟，这诗体还是值得尝试的。冯先生的集子里，生硬的诗行便很少，但更引起我注意的还是他诗里耐人沉思的理，和情景融成一片的理。

这里举两首作例。

我们常常度过一个亲密的夜
在一间生疏的房里，它白昼时
是什么模样，我们都无从认识，
更不必说它的过去未来。原野

一望无边地在我们窗外展开，
我们只依稀地记得在黄昏时
来的道路，便算是对它的认识，
明天走后，我们也不再回来。

闭上眼罢！让那些亲密的夜
和生疏的地方织在我们心里：
我们的生命像那窗外的原野，

我们在朦胧的原野上认出来
一棵树，一闪湖光；它一望无际
藏着忘却的过去，隐约的将来。

（一八）

旅店的一夜是平常的境界。可是亲密的，生疏的，“织在我们心里”。房间有它的过去未来，我们不知道。“来的道路”是过去，只记得一点儿；“明天走”是未来，又能知道多少？我们的生命像那“一望无边的”“朦胧的”原野，“忘却的过去”，“隐约的将来”，谁能“认识”得清楚呢？——但人生的值得玩味，也就在这里。

我们听着狂风里的暴雨
我们在灯光下这样孤单，
我们在这小小的茅屋里
就是和我们用具的中间

也生了千里万里的距离：
铜炉在向往深山的矿苗，
瓷壶在向往江边的陶泥，
它们都像风雨中的飞鸟

各自东西。我们紧紧抱住，
好像自身也都不能自主。
狂风把一切都吹入高空

暴雨把一切又淋入泥土。
只剩下这点微弱的灯红
在证实我们生命的暂住。

（二一）

茅屋里风雨的晚上也只是平常的境界。可是自然的狂暴映衬出人们的孤单和微弱，极平常的用具铜炉和瓷壶，也都“向往”它们的老家，“像风雨中的飞鸟，各自东西”。这样“孤单”，却是由敏锐的感觉体味出来的，得从沉思里去领略——不然，恐怕只会觉得怪诞罢。闻一多先生说我们的新诗好像尽是些青年，也得有一些中年才好。冯先生这一集大概可以算是中年了。

1943年

诗与幽默

旧诗里向不缺少幽默。南宋黄彻《碧溪诗话》云：

> 子建称孔北海文章多杂以嘲戏；子美亦“戏效俳谐体”，退之亦有“寄诗杂诙俳”，不独文举为然。自东方生而下，祢处士、张长史、颜延年辈往往多滑稽语。大体材力豪迈有余而用之不尽，自然如此。……《坡集》类此不可胜数。《寄蕲簟与蒲传正》云，“东坡病叟长羁旅，冻卧饥吟似饥鼠。倚赖东风洗破衾，一夜雪寒披故絮。”《黄州》云，“自惭无补丝毫事，尚费官家压酒囊。”《将之湖州》云，“吴儿脍缕薄欲飞，未去先说馋涎垂。”又，“寻花不论命，爱雪长忍冻。天公非不怜，听饱即喧哄。”……皆斡旋其章而弄之，信恢刃有余，与血指汗颜者异矣。

这里所谓滑稽语就是幽默。近来读到张骏祥先生《喜剧的导演》一文（《学术季刊》文哲号），其中论幽默很简明：“幽默既须理智，亦须情感。幽默对于所笑的人，不是绝对的无情；反之，如赛万提斯之于唐吉诃德先生，实在含有无限的同情。因为说到底，幽默所笑的不是第三者，而是我们自己。……幽默是温和的好意的笑。”黄彻举的东坡诗句，都在嘲弄自己，正是幽默的例子。

新文学的小说、散文、戏剧各项作品里也不缺少幽默，不论是会话体与否，会话体也许更便于幽默些。只诗里幽默却不多。我想这大概有两个缘由。一是一般将诗看得太严重了，不敢幽默，怕亵渎了诗的女神。二是小说、散文、戏剧的语言虽然需要创造，却还有些旧白话文，多少可以凭借；只有诗的语言得整个儿从头创造起来。诗作者的才力集中在这上头，也就不容易有余暇创造幽默。这一层只要诗的新语言的传统建立起来，自然会改变的。新诗已经有了二十多年的历史，看现在的作品，这个传统建立的时间大概快到来了。至于第一层，将诗看得那么严重，倒将它看窄了。诗只是人生的一种表现和批评，同时也是一种语言，不过是精神的语言。人生里短不了幽默，语言里短不了幽默，诗里也该不短幽默，才是自然之理。黄彻指出的情形，正是诗的自然现象。

新诗里纯粹的幽默的例子，我只能举出闻一多先生的《闻一多先生的书桌》一首：

忽然一切的静物都讲话了，
　忽然书桌上怨声腾沸：
墨盒呻吟道“我渴得要死！”
　字典喊雨水渍湿了他的背；

信笺忙叫道弯痛了他的腰；
　钢笔说烟灰闭塞了他的嘴，
毛笔讲火柴燃秃了他的须，
　铅笔抱怨牙刷压了他的腿；

香炉咕喽着“这些野蛮的书
　早晚定规要把你挤倒了！”
大钢表叹息快睡锈了骨头；

“风来了！风来了！”稿纸都叫了；

笔洗说他分明是盛水的，
　怎么吃得惯臭辣的雪茄灰；
桌子怨一年洗不上两回澡，
　墨水壶说“我两天给你洗一回”。

“什么主人？谁是我们的主人？”
　一切的静物都同声骂道。
“生活若果是这般的狼狈，
　倒还不如没有生活的好！”

主人咬着烟斗迷迷的笑，
　“一切的众生应该各安其位。
我何曾有意的糟蹋你们，
　秩序不在我的能力之内。”

（《死水》）

这里将静物拟人，而且使书桌上的这些静物“都讲话”：有的是直接的话，有的是间接的话，互相映衬着。这够热闹的。而不止一次的矛盾的对照更能引人笑。墨盒“渴得要死”，字典却让雨水湿了背；笔洗不盛水，偏吃雪茄灰；桌子怨“一年洗不上两回澡”，墨水壶却偏说两天就给他洗一回。“书桌上怨声腾沸”，“一切的静物都同声骂”，主人却偏“迷迷的笑”，他说“一切的众生应该各安其位”，可又缩回去说“秩序不在我的能力之内”。这些都是矛盾的存在，而最后一个矛盾更是全诗的极峰。热闹，好笑，主人嘲弄自己，是的；可是“一切的众生应该各安其位”，见出他的抱负，他的身份——他不是一个小丑。

俞平伯先生的《忆》，都是追忆儿时心理的诗。亏他居然能和成年的自己隔离，回到儿时去。这里面有好些幽默。我选出两首：

有了两个橘子，
一个是我底，
一个是我姊姊底。
把有麻子的给了我，
把光脸的她自有了。

“弟弟你底好，
绣花的呢？”
真不错！
好橘子，我吃了你罢。
真正是个好橘子啊！

（第一）

亮汪汪的两根灯草的油盏，
摊开一本《礼记》，
且当它山歌般的唱。

乍听间壁又是说又是笑的，
“她来了罢？”
《礼记》中尽是些她了。
“娘，我书已读熟了。”

（第二十二）

这里也是矛盾的和谐。第一首中“有麻子的”却变成“绣花的”，“绣花的”的“好”是看的“好”，“好橘子”和“好橘子”的“好”却是可吃的“好”和吃了的“好”。次一首中《礼记》却“当它山歌般的唱”，而且后来“《礼记》中尽是些她了”；“当它山歌般的唱”，却说“娘，我书已读熟了”。笑就蕴藏在这些别人的，自己的，别人和自己的矛盾里。但儿童自己觉得这些只是自然而然，矛盾是从成人的眼中看出的。所以更重要的，笑是蕴藏在儿童和成人的矛盾里。这种幽默是将儿童（儿时的自己和别的儿童）当作笑的对象，跟一般的幽默不一样，但不失为健康的。《忆》里的诗都用简短的口语，儿童的话原是如此，成人却更容易从这种口语里找出幽默来。

用口语或会话写成的幽默的诗，还可举出赵元任先生贺胡适之先生四十生日的一首：

适之说不要过生日，
　生日偏又到了。
我们一般爱起哄的，
　又来跟你闹了。

今年你有四十岁了都，
　我们有的要叫你老前辈了都：
天天听见你提倡这样，提倡那样，
　觉得你真有点儿对了都！

你是提倡物质文明的咯，
　所以我们就来吃你的面；
你是提倡整理国故的咯，
　所以我们都进了研究院；
你是提倡白话诗人的咯，
　所以我们就啰啰唆唆写上了一大片。

我们且别说带笑带吵的话，

　　我们且别说胡闹胡搞的话，
我们并不会说很巧妙的话，
　　我们更不会说“倚少卖老”的话；
但说些祝颂你们健康的话—
　　就是送给你们一家子大大小小的话。
（《北平晨报》，十九，十二，十八）

全诗用的是纯粹的会话，像“都”字（读音像“兜”字）的三行只在会话里有（“今年你有四十岁了都”就是“今年你都有四十岁了”，余类推）。头两段是仿胡先生的“了”字韵，头两行又是仿胡先生的

我本不要儿子，
儿子自来了。

那两行诗。三四段的“多字韵”（胡先生称为“长脚韵”）也可以说是“了”字韵的引申。因为后者是前者的一例。全诗的游戏味也许重些，但说的都是正经话，不至于成为过分夸张的打油诗。胡先生在《尝试集》自序里引过他自己的白话游戏诗，说“虽是游戏诗，也有几段庄重的议论”；赵先生的诗，虽带游戏味，意思却很庄重，所以不是游戏诗。

赵先生是长于滑稽的人，他的《国语留声机片课本》，《国音新诗韵》，还有翻译的《阿丽斯漫游奇境记》，都可以见出。张骏祥先生文中说滑稽可分为有意的和无意的两类，幽默属于前者。赵先生似乎更长于后者，《奇境记》真不愧为“魂译”（丁西林先生评语，见《现代评论》）。记得《新诗韵》里有一个“多字韵”的例子：

你看见十个和尚没有？
他们坐在破锣上没有？

无意义，却不缺少趣味。无意的滑稽也是人生的一面，语言的一端，歌谣里最多，特别是儿歌里。——歌谣里幽默却很少，有的是诙谐和讽刺。这两项也属于有意的滑稽。张先生文中说我们通常所谓话说得俏皮，大概就指诙谐。“诙谐是个无情的东西”，“多半伤人；因为诙谐所引起的笑，其对象不是说者而是第三者。”讽刺是“冷酷，毫不留情面”，“不只挞伐个人，有时也攻击社会。”我们很容易想起许多嘲笑残废的歌谣和“娶了媳妇忘了娘”一类的歌谣，这便是歌谣里诙谐和讽刺多的证据。

1943年

抗战与诗

抗战以来的新诗，我读的不多。前些日子从朋友处借了些来看，并见到了《文艺月刊》七月号里的《四年来的新诗》一篇论文（论文题目大概如此，作者的名字已经记不起了），自己也有些意见。现在写在这里。

抗战以来的新诗的一个趋势，似乎是散文化。抗战以前新诗的发展可以说是从散文化逐渐走向纯诗化的路。为方便起见，用我在《新文学大系·诗集》《导言》里假定的名称来说明。自由诗派注重写景和说理，而一般的写景又只是铺叙而止，加上自由的形式，诗里的散文成分实在很多。格律诗派才注重抒情，而且是理想的抒情，不是写实的抒情。他们又努力创造“新格式”，他们的诗要有“音乐的美”“绘画的美”和“建筑的美”——诗行是整齐的。象征诗派倒不在乎格式，只要“表现一切”。他们虽用文字，却朦胧了文字的意义，用暗示来表现情调。后来卞之琳先生、何其芳先生虽然以敏锐的感觉为题材，又不相同，但是借暗示表现情调，却可以说是一致的。从格律诗以后，诗以抒情为主，回到了它的老家。从象征诗以后，诗只是抒情，纯粹的抒情，可以说钻进了它的老家。可是这个时代是个散文的时代，中国如此，世界也如此。诗钻进了老家，访问的就少了。抗战以来的诗又走到了散文化的路上，也是自然的。

从新诗开始的时候起，多少作者都在努力发现或创造新形式，足以替代五七言和词曲那些旧形式的。这种努力从胡适之先生所谓“自然的音节”起手。胡先生教人注意诗篇里词句的组织和安排，要达到“自然的和谐”的地步。他自己虽还不能摆脱旧诗词曲的腔调，但一般青年作者却都在试验白话的音节。一般新诗的形式确不是五七言诗，不是词曲，不是歌谣，而已是不成形式的新形式了。这就渐渐进展到格律诗。格律运动虽然当时好像失败了，但它的势力潜存着，延续着。象征诗开始时用自由的形式，可是后来也就多用格律了。

抗战以来的诗，注重明白晓畅，暂时偏向自由的形式。这是为了诉诸大众，为了诗的普及。抗战以来，一切文艺形式为了配合抗战的需要，都朝普及的方向走，诗作者也就从象牙塔里走上十字街头。他们可也用格律，就是用自由的形式，一般诗行也比自由诗派来得整齐些。他们的新的努力是在组织和词句方面容纳了许多散文成分。艾青先生和臧克家先生的长诗最容易见出。就连卞之琳先生的《慰劳信集》，何其芳先生的近诗，也都表示这种倾向。这时代诗里的散文成分是有意为之，不像初期自由诗派的只是自然的趋势。而这时代的诗采用的散文成分比自由诗派的似乎规模还要大些。这也可以说是民间化的趋势。抗战以来文坛上对于利用民间旧形式有过热烈的讨论。整个儿利用似乎已经证明不成，但是民间化这个意念却发生了很广大的影响。民间化自然得注重明白和流畅，散文化是必然的。而朗诵诗的提倡更是诗的散文化的一个显著的节目。不过话说回来，民间形式暗示格律的需要，朗诵诗虽在散文化，但为了便于朗诵，也多少需要格律。所以散文化民间化同时还促进了格律的发展。这正是所谓矛盾的发展。

诗的民间化还有两个现象。一是复沓多，二是铺叙多。复沓是歌谣的生命。歌谣的组织整个儿靠复沓，韵并不是必然的。歌谣的单纯就建筑在复沓上，现在的诗多用复沓，却只取其接近歌谣，取其是民间熟悉的表现法，因而可以教诗和大众接近些。还有，散文化的诗里用了重叠，便散中有整，也是一种调剂的技巧。详尽的铺叙是民间文艺里常见的，为的是明白易解而能引起大众的注意。简短地含蓄地写出，是难于诉诸大众的。现在的诗着意铺叙的，可以举柯仲平先生《平汉铁路工人破坏大队的产生》

和老舍先生的《剑北篇》做例子。柯先生铺叙故事的节目，老舍先生铺叙景物的节目，可是他们有意在使诗民间化是一样的。《剑北篇》试用大鼓调，更为显然。因为民间化，这两篇长诗都有着整齐的形式。

抗战以来的新诗的另一个趋势是胜利的展望。这是全民族的情绪，诗以这个情绪为表现的中心，也是当然的，但是诗作者直接描写前线描写战争的却似乎很少。一般诗作者描写抗战，大都从侧面着笔。如我军的英勇，敌伪的懦怯或残暴，都从士兵或民众的口中叙出。这大概是经验使然。一般诗作者所熟悉的，努力的，是在大众的发现和内地的发现。他们发现大众的力量的强大，是我们抗战建国的基础。他们发现内地的广博和美丽，增强我们的爱国心和自信心。像艾青先生的《火把》和《向太阳》，可以代表前者，臧克家先生的《东线归来》以及《淮上吟》，可以代表后者。《剑北篇》也属于后者。

《火把》跟《向太阳》的写法不同。如一位朋友所说，艾青先生有时还用象征的表现，《向太阳》就是的。《火把》却近乎铺叙了。这篇诗描写火把游行，正是大众的力量的表现，而以恋爱的故事结尾，在结构上也许欠匀称些。可是指示私生活的公众化一个倾向，而又不至于公式化，却是值得特别注意的。臧先生在创造新鲜的隐喻上见出他的本领，但是纪行体的诗有时不免散漫，《淮上吟》似乎就如此。《剑北篇》的铺叙也许有人会觉得太零碎些，逐行用韵也许有人会觉得太铿锵些。但我曾请老舍先生自己朗读给我听，他只按语气的自然节奏读下去，并不重读韵脚。这也就觉得能够联贯一气，不让韵隔成一小片儿一小段儿的了。可见诗的朗读确是很重要的。

1941年

诗与建国

一九二九年《诗人宝库》（Poet Lore）杂志第四十卷中有金赫罗（Harold King）一文，题目是《现代史诗——一个悬想》。他说史诗体久已死去，弥尔顿和史班塞想恢复它，前者勉强有些成就，后者却无所成。史诗的死去，有人说是文明不同的缘故，现在已经不是英雄时代，一般人对于制造神话也已不发生兴趣了。真的，我们已经渐渐不注重个人英雄而注重群体了。如上次大战，得名的往往是某队士兵，而不是他们的将领。但像林肯、俾士麦、拿破仑等人，确是出群之才，现代也还有列宁，这等人也还有人给他们制造神话。我们说这些人是天才，不是英雄。现代的英雄是制度而不是人。还有，有些以人为英雄的，主张英雄须代表文明，破坏者、革命者不算英雄。不过现代人复杂而变化，所谓人的英雄，势难归纳在一种类型里。史诗要的是简约的类型，没有简约的类型就不成其为史诗。照金氏的看法，群体才是真英雄，歌咏群体英雄的便是现代的史诗。所谓群体又有两类。一类是已经成就而无生长的，如火车站，这不足供史诗歌咏。足供史诗歌咏的，是还未成就，还在生长的群体——制度，金氏以为工厂和银行是合适的。他又说现代生活太复杂了，韵文恐怕不够用，现代史诗体将是近于散文的。散文久经应用，变化繁多，可以补救韵文的短处。但是史诗该有那种质朴的味道，宜简不宜繁，只要举大端，不必叙细节。按这个标准看，电影表现现代生活，直截爽快，不铺张，也许比小说还近于史诗些。金氏又举纽约最繁华的第五街中夜的景象，说那也是“现代史诗”的一例。

直到现在，金氏所谓“现代史诗”，还只是“一个悬想”，但不失为一个有趣的悬想，而照现代商工业的加速的大规模的发展，这也未必不是一个可能实现的悬想。不必远求，我们的新诗里就有具体而微的，这种表现现代生活的诗。我们可以举孙大雨先生的《纽约城》：

纽约城纽约城纽约城
白天在阳光里叠一层又叠一层
入夜来点得千千万万盏灯
无数的车轮无数的车轮
卷过石青的大道早一阵晚一阵
那地道里那高架上的不是潮声
打雷却没有这般律吕这般匀整
不论晴天雨天清早黄昏
永远是无休无止的进行
有千斤的大铁锥令出如神
有锁天的巨练有锒铛的铁棍
辘轳盘着辘轳摩达赶着引擎
电火在铜器上没命的飞-飞-飞奔
有时候魔鬼要卖弄他险恶的灵魂
在那塔尖上挂起青青的烟雾一层

（《朝报》副刊，《辰星》第三期，十七年〈1928年〉十月二日）

这里写的虽然不是那第五街的中夜，但纽约城全体足以作现代的英雄而为“现代史诗”的一例，是无疑的。这首短诗正可当“现代史诗”的一个雏形看。

我们现在在抗战，同时也在建国。建国的主要目标是现代化，也就是工业化。目前我们已经有许多制度，许多群体日在成长中。各种各样规模不等的工厂散布在大后方，都是抗战后新建设的——其中一部分是从长江下游迁来的，但也经过一番重新建设，才能工作。其次是许多工程艰巨的公路，都在短期中通车，而滇缅公路的工程和贡献更大。而我们的新铁路，我们的新火车站，也在生长，距离成就还有日子。其次是都市建设，最显明的例子是我们的陪都重庆，市区的展拓，几次大轰炸后市容的重整，防空洞的挖造，都是有计划的。这些制度，这些群体，正是我们现代的英雄。我们可以想到，抗战胜利后，我们这种群体的英雄会更多，也更伟大。这些英雄值得诗人歌咏，相信将来会有歌咏这种英雄的中国“现代史诗”出现。不过现在注意这方面的诗人还少。他们集中力量在歌咏抗战，试写长诗，叙事诗，也就是史诗的，倒不少，都只限在抗战有关的题材上。建国的成绩似乎还没有能够吸引诗人的注意，虽然他们也会相信“建国必成”。但现在是时候了，我们迫切的需要建国的歌手。我们需要促进中国现代化的诗。有了歌咏现代化的诗，便表示我们一般生活也在现代化，那么，现代化才是一个谐和，才可加速的进展。另一方面，我们也需要中国诗的现代化，新诗的现代化，这将使新诗更富厚些。“现代史诗”一时也许不容易成熟，但是该有一些人努力向这方面做栽培的工作。

有一位朋友指给我一首诗，至少可以表示已经有人向这方面努力着，这是个好消息。他指给我的是杜运燮先生的《滇缅公路》，上文曾提到这条路的工程和贡献的伟大，它实在需要也值得一篇“现代史诗”，但是现在还只有这首短歌。这首诗就全体而论，也许还可以紧凑些，诗行也许长些，参差些。现在先将中间一段（原不分段）抄在这里：

看它，风一样有力，航过绿色的田野，
蛇一样轻灵，从茂密的草木间
盘上高山的背脊，飘行在云流中，
而又鹰一般敏捷，画几个优美的圆弧，

降落下箕形的溪谷，倾听村落里
安息前欢愉的匆促，轻烟的朦胧中
溢着亲密的呼唤，人性的温暖；
有些更懒散，沿着水流缓缓走向城市，
而就在粗糙的寒夜里，荒冷
而空洞，也一样负着全民族
的食粮，载重车的黄眼满山搜索，
搜索着跑向人民的渴望；
沉重的橡皮轮不绝滚动着
人民兴奋的脉搏，每一块石子
一样觉得为胜利尽忠而骄傲：
微笑了，在满足的微笑着的星月下面，
微笑了，在豪华的凯旋日子的好梦里。

这里不缺少“诗素”，不缺少“温暖”，不缺少爱国心。

说到工程和贡献，诗里道：

……你们该起来歌颂：就是他们，
（营养不足，半裸体，挣扎在死亡的边沿）
就是他们，冒着饥寒与疟蚊的袭击，
每天不让太阳占先，从匆促搭盖的
土穴草窠里出来，挥动起原始的
锹锤，不惜仅有的血汗，一厘一分地
为民族争取平坦，争取自由的呼吸。

而路呢，

看，那就是，那就是他们不朽的化身：

穿过高寿的森林，经过万千年风霜
与期待的山岭，蛮横如野兽的激流，
以及神秘如地狱的疟蚊的大本营……
就用勇敢而善良的血汗与忍耐
穿过一切阻挡，走出来，走出来，
给战斗疲倦的中国送鲜美的海风，
送热烈的鼓励，送血，送一切，于是
这坚韧的民族更英勇，开始欢笑：
“我起来了，我起来了，我已经自由！”

这里表现忍耐的勇敢，真切的欢乐，表现我们“全民族”。

但更“该起来歌颂”的也许是：

滇缅公路得万物朝气的鼓励，
狂欢地引负远方来的货物，
上峰顶看雾，看山坡上的日出，
修路工人在露草上打欠伸，“好早啊！”
早啊，好早啊，路上的尘土还没有
大群地起来追逐，辛勤的农夫
因为太疲劳，肌肉还需要松弛，
牧羊的小童正在纯洁的忘却中，
城里人还在重复他们枯燥的旧梦，
而它，就引着成群的各种形状的影子
在荒废多年的森林草丛间飞奔：
一切在飞奔，不准许任何人停留啊！
远方的星球被转下地平线，
拥挤着房屋的城市已到面前，
可是它，不能停，还要走，还要走，

整个民族在等待，需要它的负载。

（《文聚》，一卷一期）

“不能停”好像指“载重车”似的，说的是“路”，“不许停”或者清楚些。

爱国诗

死去元知万事空，但悲不见九州同。
王师北定中原日，家祭无忘告乃翁！

这是南宋爱国诗人陆放翁（游）临终《示儿》的诗，直到现在还传诵着。读过法国都德的《柏林之围》的人，会想到陆放翁和那朱屋大佐分享着同样悲惨的命运，可是他们也分享着同样爱国的热诚。我说“同样”，是有特殊意义的。原来我们的爱国诗并不算少，汪静之先生的《爱国诗选》便是明证，但我们读了那些诗，大概不会想到朱屋大佐身上去。这些诗大概不外乎三个项目。一是忠于一朝，也就是忠于一姓。其次是歌咏那勇敢杀敌的将士。其次是对异族的同仇。所谓“非我族类，其心必异”。第二项可能只是一姓的忠良，也可能是“执干戈以卫社稷”的“国殇”。说“社稷”便是民重君轻，跟效忠一姓的不一样。《楚辞》的《国殇》所以特别教人注意，至少一半为了这个道理。第三项以民族为立场，范围便更广大。现在的选家选录爱国诗，特别注意这一种，所谓民族诗。社稷和民族两个意念凑合起来，多少近于我们现在所说的“国家”，但“理想的完整性”还不足，若说是“爱国”，“理想的完美性”更不足。顾亭林第一个说出“天下兴亡，匹夫有责”这警句，提示了一个理想的完整的国家，确是他的伟大处。放翁还不能有这样明白的意念，但他的许多诗，尤其这首《示儿》诗里，确已多少表现了“国家至上”的理想，所以我们才会想到具有近代国家意念的朱屋大佐身上去。

放翁虽做过官，他的爱国热诚却不仅为了赵家一姓。他曾在西北从军，加强了他的敌忾，为了民族，为了社稷，他永怀着恢复中原的壮志。这种壮志常常表现在他的梦里，他用诗来描画这些梦。这些梦有些也许只是昼梦，睁着眼做梦，但可见他念兹在兹，可见他怎样将满腔的爱国热诚理想化。《示儿》诗是临终之作，不说到别的，只说“北定中原”，正是他的专一处。这种诗只是对儿子说话，不是什么遗疏遗表的，用不着装腔作势，他尽可以说些别的体己的话，可是他只说这个，他正以为这是最体己的话。诗里说“元知万事空”，万事都搁得下；“但悲不见九州同”，只这一件搁不下。他虽说“死去”，虽然“‘不见’九州同”，可是相信“王师”终有“北定中原日”，所以叮嘱他儿子“家祭无忘告乃翁”！教儿子“无忘”，正见自己的念念不“忘”。这是他的爱国热诚的理想化，这理想便是我们现在说的“国家至上”的信念的雏形，在这情形下，放翁和朱屋大佐可以说是“同样”的。过去的诗人里，也许只有他才配称为爱国诗人。

辛亥革命传播了近代的国家意念，五四运动加强了这意念。可是我们跑得太快了，超越了国家，跨上了世界主义的路。诗人是领着大家走的，当然更是如此。这是发现个人发现自我的时代。自我力求扩大，一面向着大自然，一面向着全人类，国家是太狭隘了，对于一个是他自己的人。于是乎新诗诉诸人道主义，诉诸泛神论，诉诸爱与死，诉诸颓废的和敏锐的感觉——只除了国家。这当然还有错综而层折的因缘，此处无法详论。但是也有例外，如康白情先生《别少年中国》，郭沫若先生《炉中煤（眷念祖国的情绪）》等诗便是的。我们愿意特别举出闻一多先生，抗战以前，他差不多是唯一有意大声歌咏爱国的诗人。他歌咏爱国的诗有十首左右，《死水》里收了四首。且先看他的《一个观念》：

你隽永的神秘，你美丽的谎，

你倔强的质问，你一道金光，
一点儿亲密的意义，一股火，
一缕缥缈的呼声，你是什么？
我不疑，这因缘一点也不假，
我知道海洋不骗他的浪花。
既然是节奏，就不该抱怨歌。
啊，横暴的威灵，你降伏了我，
你降伏了我！你绚缦的长虹——
五千多年的记忆，你不要动，
如今我只问怎样抱得紧你……
你是那样的横蛮，那样的美丽！

这里国家的观念或意念是近代的，他爱的是一个理想的完整的中国，也是一个理想的完美的中国。

这个国家意念是抽象的，作者将它形象化了。第一将它化作“你”，成了一个对面听话的。“五千多年的记忆”，这是中国的历史。“抱得紧你”就是“爱你”。怎样爱中国呢？中国“那样美丽”，“美丽”得像“谎”似的。它是“亲密的”，又是“神秘”的，怎样去爱呢？它“倔强的质问”为什么不爱它，又“缥缈的”呼喊人去爱它。我们该爱它，浪花是该爱海的，难爱也得爱，“节奏”是“不该抱怨歌”的。它“绚缦”得可爱，却又“横暴”得可怕，爱它，怕它，只得降了它。降了它为的爱，爱就得抱紧它。但是怎样“抱得紧”呢？作者彷徨自问，我们也都该彷徨自问的。陆放翁的《示儿》诗以“九州同”和“王师北定中原”两项具体的事件或理想为骨干。所谓“同”，指社稷，也指民族。“九州”便是二者的形象化。顾亭林说“匹夫”，也够具体的。但“一个观念”超越了社稷和民族，也统括了社稷和民族，是一个完整的意念，完整的理想，而且不但“提示”了，简直“代表”着，一个理想的完整的国家。这种抽象的国家意念，不必讳言是外来的，有了这种国家意念才有近代的国家。诗里形象化的手法也是外来的，却象征着表现着一个理想的完美的中国。可是理想上虽然完美，事实上不免破烂，所以作者彷徨自问，怎样爱它呢？真的，国民革命以来，特别是“九·一八”以来，我们都在这般彷徨地自问着。——我们终于抗战了！

抗战以后，我们的国家意念迅速地发展而普及，对于国家的情绪达到最高潮。爱国诗大量出现，但都以具体的事件为歌咏的对象，理想的中国在诗里似乎还没有看见。当然，抗战是具体的、现实的。具体的节目太多了，现实的关系太大了，诗人们一方面俯拾即是，一方面利害切身，没工夫去孕育理想，也是真的。他们发现内地的美丽，民众的英勇，赞颂杀敌的。英雄，预言最后的胜利，确是尽了最大的努力。但是我们的抗战，如我们的领导者屡次所昭示的，是坚贞的现实，也是美丽的理想。我们在抗战，同时我们在建国：这便是理想。理想是事实之母，抗战的种子便孕育在这个理想的胞胎中。我们希望这个理想不久会表现在新诗里。诗人是时代的前驱，他有义务先创造一个新中国在他的诗里。再说这也是时候了。抗战以来，第一次我们获得了真正的统一，第一次我们每个国民都感觉到有一个国家——第一次我们每个人都感觉到中国是自己的。完整的理想已经变成完整的现实了，固然完美的中国还在开始建造中，还是一个理想，但我相信我们的国家意念已经发展到一个程度，我们可以借用美国一句话：“我的国呵，对也罢，不对也罢，我的国呵。”（这句话可以有种种解释，这里是说，我国对也罢，不对也罢，我总不忍不爱它。）“如今我只问怎样抱得紧你……”要“抱得紧”，得整个儿抱住，这得有整个儿理想，包孕着笼罩着片段的现实，也包孕着笼罩着整个的现实的理想。

现在我们再来看看《死水》里的《一句话》：

有一句话说出就是祸，
有一句话能点得着火。
别看五千年没有说破，
你猜得透火山的缄默？

说不定是突然着了魔，
突然青天里一个霹雳
　　　　爆一声
“咱们的中国！”
这话教我今天怎么说？
你不信铁树开花也可，
那么有一句话你听着：
等火山忍不住了缄默，
不要发抖，伸舌头，顿脚，
等到青天里一个霹雳
　　　　爆一声
“咱们的中国！”

现在，真的，铁树开了花，“火山忍不住了缄默”，“那五千年没有说破”的“一句话”，那“青天里一个霹雳”似的一声，果然“爆”出来了。火已经点着了：说是“祸”也可，但是“祸兮福所倚”，六年半的艰苦抗战奠定了最后胜利的基础。最后的胜利必然是我们的。这首诗写在十七八年前头，却像预言一般，现在开始应验了。我们现在重读这首诗，更能感觉到它的意义和力量。它还是我们的预言：“咱们的中国！”这一句话正是我们人人心里的一句话，现实的，也是理想的。

1943年

北平诗

——《北望集》序

离开北平上六年了，朋友们谈天老爱说到北平这个那个的，可是自个儿总不得闲好好地想北平一回。今天下午读了马君玠先生这本诗集，不由得悠然想起来了。这一下午自己几乎忘了是在什么地方，跟着马先生的诗，朦朦胧胧的好像已经在北平的这儿那儿，过着前些年的日子，那些红墙黄瓦的宫苑带着人到画里去，梦里去。那儿黯淡，幽寂，可是自己融化在那黯淡和幽寂里，仿佛无边无际的大。北平也真大：

长城是衣领，围护在苍白的颊边，
永定河是一条绣花带子，在它腰际蜿蜒。

（《行军吟》之五）

城圈儿大，可是城圈儿外更大：那圆明园，那颐和园，可不都在城圈儿外？东西长安街够大的。可是那些小胡同也够大的：

巷内
有卖硬面饽饽的，

跟随着一曲胡琴，
踱过熟习的深巷。

（《秋兴》之八）

久住在北平的人便知道这是另一个天地，自己也会融化在里头的。——北平的大尤其在天高气爽的秋季和人踪稀少的深夜，这巷内其实是无边无际的静。马先生和我都曾是清华园的住客，他也带着我到了那儿：

路边的草长得高与人齐，
遮没年年开了又谢的百合花。
屋子里生长着灰绿色的霉，有谁坐在
圈椅里度曲，看帘外的疏雨湿丁香。

（《清华园》）

这一下午，我算是在北平过的，其实是在马先生的诗里过的。

从前也读过马先生一些诗。他能够在日常的小事物上分出层层的光影。头发一般细的心思和暗泉一般涩的节奏带着人穿透事物的外层到深处去，那儿所见所闻都是新鲜而不平常的。他有兴趣向平常的事物里发现那不平常的。这不是颓废，也不是厌倦；说是寂寞倒有点儿，可是这是一个现代人对于寂寞的吟味。他似乎最赏爱秋天，雨天，黄昏与夜，从平淡和幽静里发现甜与香。那带点文言调子的诗行多少引着人离开现实，可是那些诗行还能有足够的弹性钻进现实的里层去。不过这究竟只在人生的一角上，而且我们只看见马先生一个人，诗里倒并不缺乏温暖，不过他到底太寂寞了。

这本集子便不同了，抗战是我们的生死关头，一个敏感的诗人怎么会不焦虑着呢？这本诗其实大部分是抗战的记录。马先生写着沦陷后的北平，出现在他诗里的有游击队，敌兵，苦难的民众，醉生梦死的汉奸。他写着我们的大后方，出现在他诗里的有英勇的战士，英勇的工人，英勇的民众。而沦陷后的北平是他亲见亲闻的，他更给我们许多生动的细节，《走》那篇长诗里安排的这种细节最多。他这样想网罗全中国和全中国的人到他的诗里去。但他不是个大声疾呼的人，他只能平淡地写出他所见所闻所想的。平淡里有着我们所共有而分担着的苦痛和希望。平淡的语言却不至于将我们压住，让我们有机会想起整套的背景，不死盯在一点一线一面上。北平在他笔下只是抗战的一张幕，可是这张幕上有些处细描细画，这就勾起了我们一番追忆。可是我还是跟着他的诗回到抗战的大后方来了。大声疾呼，我们现在似乎并不缺乏，缺乏的正是平淡的歌咏，因为我们已经到了该多想想的时候了。马先生现在也该不再那么寂寞了罢？

1943年

诗的趋势

一九三九年六月份的《大西洋月刊》载有现代诗人麦克里希（Archibald Macleish）《诗与公众世界》一文。这篇文曾经我译出，登在香港《大公报》的文艺副刊里。文中说：

> 如果我们作为社会分子的生活——那就是我们的公众生活，那就是我们的政治生活——已经变成了一种生活，可以引起我们私人的厌恶，可以引起我们私人的畏惧，也可以引起我们私有的希望；那么，我们就没有法子，只得说，对于这种生活的我们的经验，是有强烈的、私人的情感的经验了。如果对于这种生活的我们的经验，是有强烈的、私人的情感的经验，那么，这些经验便是诗所能使人认识的经验了——也许只有诗才能使人认识它们呢。

又说：

> 要用归依和凭依的态度将我们这样的经验写出来，使人认识，必须那种负责任的，担危险的语言，那种表示接受和信仰的

> 语言。

而他论到滂德（Ezra Pound）说：

> 他夜间做梦，总梦见些削去修饰的词儿，那修饰是使它们陈旧的；总梦见些光面儿没油漆的词儿，那油漆曾将它们涂在金黄色的柚木上；总梦见些反剥在白松木上、带着白松香气的词儿。

他所谓“我们自己时代的真诗”，所用的经验是怎样，所用的语言是怎样，这儿都具体地说了。他还说，在英美青年诗人的作品里，已经可以看出，那真诗的时代是近了。

近来得见一本英国现代诗选，题为《再别怕了》（*Fear No More*）。似乎可以印证麦克里希的话。这本诗选分题作《为现时代选的生存的英国诗人的诗集》，一九四〇年剑桥大学出版部印行的。各位选者和各篇诗的作者都不署名。《给读者》里这样说：

> ……但可以看到（这么办）于本书有好处。虽然一切诗人都力求达到完美的地步，但没有诗人达到那地步。不署名见出诗的公共的财富，并且使人较易秉公读一切好诗。

集中许多诗曾在别处发表，都是有署名的。全书却也有一个署名，那是当代英国桂冠诗人约翰·买司斐尔德（John Masefield）的题辞，这本书是献给他的。题辞道：

> 在危险的时期，群众的心有权力。只有个人的心能创造有价值的东西，这时候却不看重了。人靠着群众的心抵抗敌人；靠着个人的心征服“死亡”。作这本有意思的书的人们知道这一层，他们告诉我们，“再别怕了”。

集中的诗差不多都是一九四〇前五年内写的。选录有两个条件：一是够好的，一是够近的。为了够好，先请各位诗人选送自己的诗，各位选者再加精择，末了儿将全稿让几位送稿的诗人看，请他们再删一次。至于“够近的”这条件，是全书的目的和特性所在，《给读者》里有详尽的说明：

“过去五年时运压人，是些黑暗而烦恼的年头，可是比私人的或个人的幸福更远大的幸福却在造就中。凡沉思（的人）是不能不顾到这些烦恼的。人不再是上帝的玩意了：眼见他的运命归他自己管了——一种新责任，新体验到的危险。”这本书的名字取自买司斐尔德的题辞，原拟的名字是《人正视自己》（*Man Facing Himself*）。“这句话写出战争，也写出了诗。……虽然时势紧急，使我们去做大规模的，拼性命的动作，可是我们中没有一个因此就免掉沉想的义务。这战争我们得‘想’到底，这一回战争对于思想家相关（之切），是别的战争所从不曾有过的。……著述人，政治家，记者，宣教师，广播员，都赞同这个意见……诗的重要不在特殊的结论而在鼓励沉思。……人要诗，如饥者之于食，不为避开环境，是为抓住环境。因为诗是生活的路子的一个例子。人要的是例子，不是诗人写下的聪明话，是他们沉思的路子，更不是别的旧诗选本，是切于现时代的事例和实证——这事例和实证表显人类用来测量并维持那些精神标准的权力。本书原不代表一切写着诗的英国诗人，可是只要诗人同是活着的人，本书也可以代表他们，并可以代表人类。因为时代的诗是人类的声音。这种诗没有劝告，没有标语，只有自觉的路子。诗人在写作的时候，他们是自己的一帖解药，可以解掉群众心理（的影响），他们将孤注押在自己这个人身上，这个自觉的人身上，这个正视自己的人身上。这样做时，他们就表显怎样为人类作战。”——这一番话和麦克里希的话是可以互相映发的。现在选译本集的诗二首，作为例证。

冬鸳鸯菊

簇着，小小的仿佛一口气，

不是颗花儿，倒是一群人；
好像在用心头较热的力，
造他们心头自己的气温。

他们活着：不怨载他们的
地土，也不怨他们的出世。
他们跟大地最是亲近的，
他们懂得大地怎么回事；

这儿冬天用枯枝的指头
将我们拘入我们的门槛，
他们却承受一年最冷流
建筑他们的家园在中间。

一九三九年九月三日

吃着苹果，摘下来从英国树，
脚底下是秋季，我们在战争。
战氛的星球上许害了疯症，
眼睛里能见到一切的凭据——
黄蜂猛攫着梅子，像我们一流，
但他们聪明些，有分际——四方
都到成熟期，除我们一帮
无季节，无理性，有死而不自由。
话有何用。我们本然的地位
是本然的自我。人能依赖的
希望还是人，虽然人类遭了劫。
希望会将恨来划破了大地
和人的脸；但若尽力于无害的，

我们，这最后的亚当，未必最劣。

麦克里希文中论到爱略特（T.S.Eliot）曾说道：“冷讽是勇敢而可以不负责任的语言，否定是聪明而可以不担危险的态度。”冷讽和否定是称为“近代”或“当代”的诗的一个特色。可是到这两首诗就不同了。前一首没有冷讽和否定，不避开环境而能够抓住环境，正是“负责任的，担危险的语言”。那鸳鸯菊耐寒不怨，还能够“用心头较热的力，造他们心头自己的气温”，正是我们“生活的路子的一个例子”。后一首第一节虽由冷讽和否定组织而成，第二节却是“表示接受和信仰的语言”——跟前节对照，更见出经验的强烈来。这正是“正视着自己”，正是“自觉的路子”。“话有何用”，重要的是力行。“但若尽力于无害的，我们，这最后的亚当，未必最劣。”“无害的”对战争的有害而言，这确见出远大的幸福在造就中。苹果是秋季的符号，也是亚当的符号，亚当吃了苹果，才开始了苦难。“我们这最后的亚当”也是自作自受，苦难重重。可是我们接受苦难，信仰自己，负起责任，担起危险，未必不能征服死亡，胜过前辈的亚当。这两首诗的作者虽然“将孤注押在自己这个人身上”，可是“自己这个人”是“作为社会分子”而生活着，所以诗中用的是“他们”“我们”两个复数词。作为社会分子而生活就是“公众生活”，就是“政治生活”，对于这种生活的经验，就是“怎样为人类作战”。这种诗似乎可以当得麦克里希所谓“能做现在所必需做的新的建设工作的诗”。这两首诗里用的都是些“削去修饰的词儿”。译文里也可见出。这跟一般称为“近代”或“当代”的诗是不同的。近来还看到一本英国诗选，题为《明日诗人》（Poets of Tomorrow）（第三集），去年出版。从这本书知道近年的诗人已经不爱“晦涩”，不迷恋文字和技巧，而要求无修饰的平淡的实在感，要求明确的直截的诗。还有人以为诗不是专门的艺术而是家庭的艺术，以为该使平常人不怕诗，并且觉着自己是个潜在的诗人（分见各诗人小传）。那么，这两首的平淡也是近年一般的倾向了。

我国诗人现在是和这些英国诗人在同一战争中，而且在同一战线上，我国抗战以来的诗，似乎侧重“群众的心”而忽略了“个人的心”，不免有过分散文化的地方。《再别怕了》这本诗选也许是一面很好的借镜。

1943年

译　　诗

诗是不是可以译呢？这问句引起过多少的争辩，而这些争辩将永无定论。一方面诗的翻译事实上在同系与异系的语言间进行着，说明人们需要这个。一切翻译比较原作都不免多少有所损失，译诗的损失也许最多。除去了损失的部分，那保存的部分是否还有存在的理由呢？诗可不可以译或值不值得译，问题似乎便在这里。这要看那保存的部分是否能够增富用来翻译的那种语言。且不谈别国，只就近代的中国论，可以说是能够的。从翻译的立场看，诗大概可以分为两类。一类带有原来语言的特殊语感，如字音，词语的历史的风俗的含义等，特别多，一类带的比较少。前者不可译，即使勉强译出来，也不能教人领会，也不值得译。实际上译出的诗，大概都是后者，这种译诗里保存的部分可以给读者一些新的东西，新的意境和语感，这样可以增富用来翻译的那种语言，特别是那种诗的语言，所以是值得的。也有用散文体来译诗的。那是恐怕用诗体去译，限制多，损失会更大。这原是一番苦心。只要译得忠实，增减处不过多，可以不失为自由诗，那还是可以增富那种诗的语言的。

有人追溯中国译诗的历史，直到春秋时代的《越人歌》（《说苑·善说篇》）和后汉的《白狼王诗》（《后汉书·西南夷传》）。这两种诗歌表示不同种类的爱慕之诚：前者是摇船的越人爱慕楚国的鄂君子皙，后者是白狼王唐菆等爱慕中国。前者用楚国民歌体译，这一体便是《九歌》的先驱，后者用四言体译。这两首歌只是为了政治的因缘而传译。前者是古今所选诵，可以说多少增富了我们的语言，但翻译的本意并不在此。后来翻译佛经，也有些原是长诗，如《佛所行赞》，译文用五言，但依原文不用韵。这种长篇无韵诗体，在我们的语言里确是新创的东西，虽然并没有在中国诗上发生什么影响。可是这种翻译也只是为了宗教，不是为诗。近世基督《圣经》的官话翻译，也增富了我们的语言，如五四运动后有人所指出的，《旧约》的《雅歌》尤其是美妙的诗。但原来还只为了宗教，并且那时我们的新文学运动还没有起来，所以也没有在语文上发生影响，更不用说在诗上。

清末梁启超先生等提倡“诗界革命”，多少受了翻译的启示，但似乎只在词汇方面，如“法会盛于巴力门”一类句子。至于他们在意境方面的创新，却大都从生活经验中来，不由翻译，如黄遵宪的《今别离》，便是一例。这跟唐宋诗受了禅宗的启示，偶用佛典里的译名并常谈禅理，可以相比。他们还想不到译诗。第一个注意并且努力译诗的，得推苏曼殊。他的《文学因缘》介绍了一些外国诗人，是值得纪念的工作，但为严格的旧诗体所限，似乎并没有多少新的贡献。他的译诗只摆仑的《哀希腊》一篇，曾引起较广大的注意，大概因为多保存着一些新的情绪罢。旧诗已成强弩之末，新诗终于起而代之。新文学大部分是外国的影响，新诗自然也如此。这时代翻译的作用便很大。白话译诗渐渐的多起来，译成的大部分是自由诗，跟初期新诗的作风相应。作用最大的该算日本的小诗的翻译。小诗的创作风靡了两年，只可惜不是健全的发展，好的作品很少。北平《晨报·诗刊》出现以后，一般创作转向格律诗。所谓格律，指的是新的格律，而创造这种新的格律，得从参考并试验外国诗的格律下手。译诗正是试验外国格律的一条大路，于是就努力地尽量地保存原作的格律甚至韵脚。这里得特别提出闻一多先生翻译的白朗宁夫人的商籁二三十首（《新月杂志》）。他尽量保存原诗的格律，有时不免牺牲了意义的明白。但这个试验是值得的，现在商籁体（即十四行）可算是成立了，闻先生是有他的贡献的。

不过最努力于译诗的，还得推梁宗岱先生。他曾将他译的诗汇印成集，用《一切的峰顶》为名，这里面英法德等国的名作都有一些。近来他又将多年才译成的莎士比亚的商籁发表（《民族文学》），译笔是更精练了。还有，爱略特的杰作《荒原》，也已由赵萝蕤女士译出了。我们该感谢赵女士将这篇深曲的长诗尽量明白地译出，并加了详注。只是译本抗战后才在上海出版，内地不能见着，真是遗憾。清末的译诗，似乎只注重新的意境。但是语言不解放，译作中能够保存的原作的意境是有限的，因而能够增加的新的意境也是有限的。新文学运动解放了我们的文字，译诗才能多给我们创造出新的意境来。这里说“创造”，我相信是如此。将新的意境从别的语言移植到自己的语言里而使它能够活着，这非有创造的本领不可。这和少数作者从外国诗得着启示而创出新的意境，该算是异曲同工。（从新的生活经验中创造新的意境，自然更重要，但与译诗无关，姑不论。）有人以为译诗既然不能保存原作的整个儿，便不如直接欣赏原作，他们甚至以为译诗是多余。这牵涉到全部翻译问题，现在姑只就诗论诗。译诗对于原作是翻译；但对于译成的语言，它既然可以增富意境，就算得一种创作。况且不但意境，它还可以给我们新的语感，新的诗体，新的句式，新的隐喻。就具体的译诗本身而论，它确可以算是创作。至于能够欣赏原作的究竟是极少数，多数人还是要求译诗，那是从实际情形上一眼就看出的。

现在抄梁宗岱先生译的莎士比亚的商籁一首：

啊，但愿你是你自己！但爱啊，你
将非你有，当你不再活在世上：
为这将临的日子你得要准备，
快交给别人你那温馨的肖像。
这样，你所租赁的朱颜就永远
不会满期；于是你又将再变成
你自己，当你已经离开了人间，

既然你儿子保留着你的倩影。

谁会让一座这样的华厦倾颓，
如果小心地看守便可以维护
它的荣光，去抵抗隆冬的狂吹
和那冷酷的死亡徒然的暴怒？

啊，除非是浪子：吾爱啊，你知道
你有父亲；让你儿子也可自豪。

（《民族文学》一卷二期）

这是求爱求婚的诗。但用“你儿子保留着你的倩影”作求爱的说辞，在我们却是新鲜的（虽然也许是莎士比亚当时的风气，因为这些商籁里老这么说着）。“你知道你有父亲；让你儿子也可自豪。”就是说你保留着你父亲的“荣光”，也该生个儿子保留着你的“荣光”，这是一个曲折的新句子。而“租赁”和“满期”一套隐喻，和第三段一整套持续的隐喻，也是旧诗词曲里所没有的。这中间隐喻关系最大。梁先生在《莎士比亚的商籁》文里说：“伟大天才的一个特征是他的借贷或挹注的能力……天才的伟大与这能力适成正比例。”（《民族文学》一卷二期）“借贷或挹注”指的正是创造隐喻。由于文字的解放和翻译的启示，新诗里创造隐喻，比旧诗词曲都自由得多。顾随先生曾努力在词里创造隐喻，也使人耳目一新。但词体究竟狭窄，我们需要更大的自由。我们需要新诗，需要更多的新的隐喻。这种新鲜的隐喻正如梁先生所引雪莱诗里说的，是磨砺人们钝质的砥石。

苏俄诗人玛耶可夫斯基也很注意隐喻。他的诗的翻译给近年新诗不少的影响。他在《与财务监督论诗》一诗中道：

照我们说

　　　韵律——
　　　　　大桶，
炸药桶。
　　　一小行——
　　　　　导火线。
大行冒烟，
　小行爆发，——
而都市
　向一个诗节的
　　空中飞着。

据苏联现代文学史里说，这是玛耶可夫斯基在“解释着隐喻方法的使命”。他们说：“隐喻已经不是为了以自己的新奇来战胜读者而被注意的，而是为了用极度的具体性与意味性来揭露意义与现象的内容而被注意的。”（以上均见苏凡译《玛耶可夫斯基的作诗法》，《中苏文化》八卷五期。）这里隐喻的重要超乎“新奇”而在另一个角度里显现。

以上论到的都是翻译的抒情诗。要使这些译诗发生更大的效用，我想一部译诗选是不可少的。到现在止，译诗的质和量大概很够选出一本集子，只可惜太琐碎，杂志和书籍又不整备，一时无法动手。抒情诗之外还有剧诗和史诗的翻译。这些都是长篇巨制，需要大的耐心和精力，自然更难。我们有剧诗，杂剧传奇乃至皮黄都是的。但像莎士比亚无韵体的剧诗，我们没有。皮黄的十字句在音数上却和无韵体近似，大鼓调的十字句也是的。杂剧传奇乃至皮黄都是歌剧体裁，用来翻译无韵体的诗剧，不免浮夸。在我们的新诗里，无韵体的试验已有个样子。翻译剧诗正可以将这一体继续练习下去，一面跟皮黄传统有联系处，一面也许还可以形成我们自己的无韵体新诗剧。史诗我们没有。我们有些短篇叙事诗跟长篇弹词，还有大鼓书，也是叙事的。新诗里叙事诗原不发达，但近年来颇有试验长篇叙事诗的。翻译史诗用“生民”体或乐府体不便伸展，用弹词体不够庄重，我想也可用无韵体，与大鼓书多少间联系着。英国考勃（William Cowper）翻译荷马史诗，用的也是无韵体，可供参考。

剧诗的翻译这里举孙大雨先生译的莎士比亚《黎琊王》的一段为例。这一剧的译文，译者说经过“无数次甘辛”，我们相信他的话。

听啊，造化，亲爱的女神，请你听！
要是你原想叫这东西有子息，
请拨转念头，使她永不能生产，
毁坏她孕育的器官，别让这逆天
背理的贱身生一个孩儿增光彩！
如果她务必要蕃滋，就赐她个孩儿
要怨毒作心肠，等日后对她成一个
暴戾乖张，不近情的心头奇痛。
那孩儿须在她年轻的额上刻满
愁纹；两颧上使泪流凿出深槽；
将她为母的劬劳与训诲尽化成
人家底嬉笑与轻蔑；然后她方始
能感到，有个无恩义的孩子，怎样
比蛇牙还锋利，还恶毒！……

（《民族文学》一卷一期）

这是黎琊王诅咒他那“无恩义的”大女儿的话。孙先生在序里说要“在生硬与油滑之间刈除了丛莽，辟出一条平坦的大道”，他做到了这一步。序里所称这一剧的“磅礴的浩气”，“强烈的诗情”，就在这一段译文中也可见出。这显示了孙先生的努力，同时显示了无韵体的效用。

史诗的翻译教我们想到傅东华先生的《奥德赛》和《失乐园》两个译本。两本都是用他自创的一种白话韵文译的。前者的底本是考勃的无韵体英译本。傅先生在他的译本的《引子》里说“用韵文翻译，并没有别的意思，只不过觉得这样的韵文比较便读”。《失乐园》的卷首没有说明，用意大概是相同的。这两个译本的确流利便读，明白易晓，自是它们的长处。所用的韵文，不像旧诗词曲歌谣，而自成一体，但诗行参差，语句醒豁，跟散文差不多。傅先生只是要一种便于翻译便于诵读的韵文，对于创造诗体，好像并未关心。这种韵文虽然“便读”，但用来翻译《奥德赛》，似乎还缺少一些素朴和庄严的意味。傅先生依据的原是无韵体英译本，当时若也试用无韵体重译，气象自当不同些。至于《失乐园》，本就是无韵体，弥尔顿又是反对押韵的人，似乎更宜于用无韵体去译。傅先生的两个译本自然是力作，并且是有用的译本，但我们还盼望有人用无韵体或别的谨严的诗体重译《奥德赛》，用无韵体重译《失乐园》，使它们在中国语言里有另一副面目。《依利阿德》新近由徐迟先生选译，倒是用的无韵体，可惜译的太少，不能给人完整的印象。译文够流利的，似乎不缺乏素朴的意味，只是庄严还差些。

1943年，1944年

真 诗

二十年前新诗开始发展的时候，胡适之先生写了《北京的平民文学》一篇短文，介绍北京的歌谣（《文存》二集）。文中引意国卫太尔男爵编的《北京歌唱》（一八六九）《自序》，说这些歌谣中有些“真诗”，并且说：“根据在这些歌谣之上，根据在人民的真感情之上，一种新的‘民族的诗’也许能产生出来呢。”胡先生接着道：

> 现在白话诗起来了，然而做诗的人似乎还不曾晓得俗歌里有许多可以供我们取法的风格与方法，所以他们宁可学那不容易读又不容易懂的生硬文句，却不屑研究那自然流利的民歌风格。这个似乎是今日诗国的一种缺陷罢?

胡先生提倡“活文学”的白话诗，要真，要自然流利，卫太尔的话足以帮助他的理论。他所谓“生硬文句”，指的过分欧化的文句。

但是新文学运动实在是受外国的影响。胡先生自己的新诗，也是借镜于外国诗，一翻《尝试集》就看得出。他虽然一时兴到地介绍歌谣，提倡“真诗”，可是并不认真地创作歌谣体的新诗。他要真，要自然流利，不过似乎并不企图“真”到歌谣的地步，“自然流利”到歌谣的地步。那些时搜集歌谣运动虽然甚嚣尘上，只是为了研究和欣赏，并非供给写作的范本。有人还指出白话诗的音调要不像歌谣，才是真新诗。其实这倒代表一般人的意见。当时刘半农先生曾经仿作江阴船歌（《瓦釜集》），俞平伯先生也曾仿作吴歌（见《我们的七月》），他们只是仿作歌谣，不是在作新诗。仿的很逼真，很自然，但他们自己和别人都不认为是新诗。——俞先生在《欢愁底歌》（《冬夜》）那首新诗里却有两段在尝试小调（俗曲）的音节，不过也只是兴到偶一为之，并没有尝试第二次。

“九一八”前后，一度有所谓大众语运动，这运动的一个支流便是诗的歌谣化。那时有些人尝试着将所谓农民大众的意识装进山歌的形式里——工人的意识似乎就装不进去。这个新的歌谣或新诗只出现在书刊上，并不能下乡，达到农民的耳朵里，对于刊物的读者也没有能够引起兴味，因此没有什么影响就过去了。大众语运动虽然热闹一时，不久也就消沉了下去。主要的原因大概可以说是不切实际罢。接着是通俗读物编刊运动，大规模的旧瓶装新酒，将爱国的意念装进各种民间文艺的形式里。这里面有俗曲，如大鼓调，但没有山歌和童谣，大约因为这两体短小的缘故。这运动的目标只在“通俗读物”，只在宣传，不在文艺，倒收到相当的效果，发生相当的影响。

抗战以来，大家注意文艺的宣传，努力文艺的通俗化。尝试各种民间文艺的形式的多起来了。民间形式渐渐变为“民族形式”。于是乎有长时期的“民族形式的讨论”。讨论的结果，大家觉得民族形式自然可以利用，但欧化也是不可避免的。就利用民族形式或文艺的通俗化而论，也有两种意见。一是整个文艺的通俗化，一面普及，一面提高；一是创作通俗文艺，只为了普及，提高却还是一般文艺（非通俗文艺）的责任。不管理论如何，事实似乎是走着第二条路。这时期民族形式的利用里，山歌和童谣两体还是没有用上。诗正向长篇和叙事体发展，自然用不到这些。大鼓调用得却不少，老舍先生的《剑北篇》就是好例子。柯仲平先生的《平汉铁路工人破坏大队的产生》参用唱本（就是俗曲）的形式写成那么长的诗（并没有完），也引起一般的注意。这种爱国的诗也可算作“民族的诗”。但卫太尔那时所谓“民族的诗”似乎只指表现一般民众的生活的诗，他不会想到现在的发展。再说他那本《北京歌唱》里收的全是儿歌或童谣，他所谓“真诗”和“民族的诗”都只“根据在这些歌谣之上”，跟现在主张和实行利用民族形式的人也大不相同的。

从新诗的发展来看，新诗本身接受的歌谣的影响很少。所谓歌谣，照我现在的意见，主要的可分为童歌（就是儿歌），山歌，俗曲（唱本）三类。新诗只在抗战后才开始接受一些俗曲的影响，如上文指出的——“九一八”前后歌谣化的新诗，尝试的既不多，作品也有限（已故的蒲风先生颇在这方面努力，但成绩也不显著），可以不论。不过白话诗的通俗化却很早就开始。有一种“夸阳历”的新大鼓，记得民国十四年（1925年）左右已经出现。更值得重提的是十七年（1928年）《大公报》上的几首《民间写真》，作者是蜂子先生，已经死了十多年。现在抄一首《赵老伯出口》在这里：

赵老伯一辈子不懂什么叫作愁，
他老是微笑着把汗往下流。
　　他又有一个有趣惹人笑的脸，
　　鼻子翘起像只小母牛。

他的老婆死了很久很久，
儿子闺女都没有，
　　三亩园子两间屋，
　　还有一只大黄狗。

赵老伯近年太衰老，
自己的园地种不了。
　　从前种菜又种瓜，
　　现在长满了狗尾巴草。

夏天没得吃，冬天又没得穿，
三亩园子典了三十千。
　　今年到期赎不出，
　　李五爷催他赶快搬。

赵老伯这几天脸上没有了笑，
提起了搬家把泪掉：
　　“那里有啥家可搬？
　　“提上棍子去把饭来要！”

“这园子我种过四十年。”
“才卖了这么几个钱！”
　　“又舍不开东邻共西舍。”
　　“逼我搬家真可怜！”

“尚未走路先晃荡。”
“说不定早晨和晚上。”
　　“我死也要死在李家桥。”
　　“天哪！我不能劳苦一生作了外丧！”

“快滚！快滚！快快滚！”
李五爷的管家发了狠。
　　“秃三爷的厉害你该知道！
　　摸摸你吃饭的家伙稳不稳？”

赵老伯有个好人缘儿，
小孩子都喜欢同他玩儿。
　　因为李五爷赶他走，

大家只能把长气吸一口。

一瘸一拐奔了古北口，
山上山下几行衰柳。
晨曦里我远望见他同他的老伙伴，
赵老伯同着他的大黄狗。

（《大公报》，十七年〈1928年〉十一月二十一日）

这够“自然流利”的，按卫太尔和胡先生的标准，该可以算是“真诗”。其中四个“把”字句和一些七字句大概是唱本的影响，但全篇还是一般白话的成分多。本篇描写农民的生活具体而贴切，虽然无所谓农民大众的意识，却不愧“民间写真”的名目。作为通俗的白话诗，这是出色当行之作，但按诗的一般标准说，似乎还欠经济些——原作者自己似乎也没有认为一般的新诗。

所谓“自然流利”的“真诗”，如上文所论，是以童谣为根据的。童谣就是儿歌，并不限于儿童生活，歌咏成人生活的也尽有。“童谣”是历史上传下来的名字，似乎比儿歌更能够表现这种歌谣的社会性些——我并不看重童谣的占验作用，而看重它的讽世作用。童谣是“诵”的，也可以算是“读”的。它全用口语，所谓“自然流利”，有时候押韵，也极自然，念下去还是流利的。但是童谣跟别种民间文艺一样，俳谐气太重而缺乏认真的严肃的态度，夸张和不切实更是它的本色。这是童谣的“自然”。“流利”的语调儿见出伶俐，但太轻快了便不免有点儿滑，沉不住气。这也许可以说是不认真的“真诗”罢？再说童谣复沓多，只能表现单纯和简单的情感，也跟一般的诗不同。新诗不取法于童谣，大概为了这些。

山歌是竹枝词一脉，中唐李益有诗道，“无奈孤舟夕，山歌闻竹枝”，可见，对山歌也该是的，刘禹锡《竹枝词》引中有“以曲多为贤”的话，似乎就指的相对竞歌，竹枝词原可以合乐，且有舞容。现在的山歌调也可以合乐，舞容却似乎没有。但现在的山歌以徒歌为主。竹枝词从刘禹锡依调创作以后，成为诗的一体，不过是特殊的一体，专咏风土，不避俗，跟一般的七绝诗总有些分别。后来搜集山歌的人称山歌为“风”，如李调元的《粤风》。“风”的名字虽然本于《国风》，其实只是“歌谣”的意思。这与一般的诗还是不能相提并论。现在的山歌以歌咏私情（恋爱）为主，最长于创造譬喻。在创造譬喻这一点上，是值得新诗取法的。山歌也尽量用白话，虽不像童谣的“自然”，比一般的诗却“自然”得多。可是因此也不免俳谐，洒脱，不认真。山歌是唱的，虽然空口唱，也有一定的调子，似乎说不上“流利”与否。又因为是唱的，声就比义重；在不唱而吟诵的时候，山歌的音调也还跟七绝诗一样。新诗是“读”的或“说”的，不是唱的，它又要从旧诗词曲的固定的形式解放，又认真，所以也没有取法于山歌。

俗曲的种类很多，往往因地而异，各有各的来历，这里无须详论。俗曲大多数印成唱本，普通就称为唱本。许多的小调和大鼓调都有唱本。唱本以七字句或十字句为基调，有些可以合乐，但长篇只为吟诵而作。唱本篇幅长，要句调整齐，得多参用文言，便不能很“自然”。它的“自然”还赶不上山歌，但比一般的诗总近于口语些就是了。它也无所谓“流利”与否。童谣的俳谐气、夸张和不切合的情形，唱本都有，它的不切合特别表现在套语里，如佳人，牙床等。加上白话文言的驳杂，叙述描写的繁琐，完美的作品极少。唱本多半是叙事歌，不像童谣和山歌以抒情为主。新诗原只向抒情方面发展，无须叙事的体裁，唱本又有许多和新诗不合的地方，新诗不取法于它是无足怪的。现在的诗一方面向叙事体发展，于是乎柯仲平先生斟酌唱本的形式，写成《平汉铁路工人破坏大队的产生》。那是准备朗读的，不是准备吟诵的，倒没有唱本的种种不合的地方，只是繁琐得可以，繁琐就埋没了精彩。

但是新诗不取法于歌谣，最主要的原因还是外国的影响，别的原因都只在这一个影响之下发生作用。外国的影响使我国文学向一条新路发展，诗也不能够是例外。按诗的发展的旧路，各体都出于歌谣，四言出于《国风》、《小雅》，五七言出于乐府诗。《国风》、《小雅》跟乐府诗在民间流行的时候，似乎有的合乐，有的徒歌。——词曲也出于民间，原来却都是乐歌。这些经过文人的由仿作而创作，渐渐地脱离民间脱离音乐而独立。这中间词曲的节奏不根据于自然匀称和均齐，而靠着乐调的组织，独立较难。词脱离了民间，脱离了音乐，脱离了俳谐气，但只挣得半独立的“诗余”地位。清代常州词派想提高它的地位，努力使它进一步的诗化，严肃化，可是目的并未达成。曲脱离了民间，没有脱离了音乐。剧曲的发展成功很大，散曲却还一向带着俳谐气，所以只得到“词余”的地位。新文学运动以来，这两体都升了格算是诗了，那是按外国诗的意念说的，也是外国的影响。

照诗的发展的旧路，新诗该出于歌谣。山歌七言四句，变化太少，新诗的形式也许该出于童谣和唱本。像《赵老伯出口》倒可以算是照旧路发展出来新诗的雏形，但我们的新诗早就超过这种雏形了。这就因为我们接受了外国的影响，“迎头赶上”的缘故。这是欧化，但不如说是现代化。“民族形式讨论”的结论不错，现代化是不可避免的。现代化是新路，比旧路短得多，要“迎头赶上”人家，非走这条新路不可。可是话说回来，新诗虽然不必取法于歌谣，却也不妨取法于歌谣，山歌长于譬喻，并且巧于复沓，都可学。童谣虽然不必尊为“真诗”，但那“自然流利”，有些诗也可斟酌的学；新诗虽说认真，却也不妨有不认真的时候。历来的新诗似乎太严肃了，不免单调些。卞之琳先生说得好：

> 可是松了，
> 不妨拉树枝摆摆。
>
> （《慰劳信集》五）

我们现在不妨来点儿轻快的幽默的诗。只有唱本，除了一些句法外，值得学的很少。现在叙事诗虽然发展，唱本却不足以供模范。现在的叙事诗已经不是英雄与美人的史诗，散文的成分相当多。唱本的结构往往松散，若去学它，会增加叙事诗的散文化的程度，使读者觉得过分。我们主张新诗不妨取法歌谣，为的使它多带我们本土的色彩，这似乎也可以说是利用民族形式，也可以说是在创作“一种新的‘民族的诗’”。

1943年

朗读与诗

诗与文都出于口语，而且无论如何复杂，原都本于口语，所以都是一种语言。语言不能离开声调，诗文是为了读而存在的，有朗读，有默读。所谓“看书”其实就是默读，和看画看风景并不一样。但诗跟文又不同。诗出于歌，歌特别注重节奏，徒歌如此，乐歌更如此。诗原是“乐语”，古代诗和乐是分不开的，那时诗的生命在唱。不过诗究竟是语言，它不仅存在在唱里，还存在在读里。唱得延长语音，有时更不免变化语音，为了帮助听者的了解，读有时是必需的。有了文字记录以后，读便更普遍了。《国语·楚语》记申叔时告诉士亹怎样做太子的师傅，曾说“教之诗……以耀明其志”。教诗明志，想来是要读的。《左传》记载言语，引诗的很多，自然也是读，不是唱。读以外还有所谓“诵”。《墨子》里记着儒家公孟子“诵诗三百”的话。《左传》襄公十四年记卫献公叫师曹“歌”《巧言》诗的末章给孙文子的使者孙蒯听。那时文子在国境上，献公叫“歌”这章诗，是骂他的，师曹和献公有私怨，想激怒孙蒯，怕“歌”了他听不清楚，便“诵”了一通。这“诵”是有节奏的。诵和读都比“歌”容易了解些。

《周礼》大司乐“以乐语教国子：兴、道、讽、诵、言、语”。郑玄注：“以声节之曰诵。”诵是有腔调的，这腔调是“乐语”的腔调，该是从歌脱化而出。《汉书·艺文志》引《传》曰：“不歌而诵谓之赋。”而“赋者，古诗之流也。”（班固《两都赋》序）这“诵”就是师曹诵

《巧言》诗的“诵”和公孟子说的“诵诗三百”的“诵”，都是“乐语”的腔调。这跟言语引诗是不同的。言语引诗，随说随引，固然不会是唱，也不会是“诵”，只是读，只是朗读——本文所谓读，兼指朗读、默读而言，朗读该是口语的腔调。现在儿童的读书腔，也许近乎古代的“诵”；而宣读文告的腔调，本于口语，却是朗读，不是“诵”。战国以来，“诗三百”和乐分了家，于是乎不能歌，不能诵，只能朗读和默读；四言诗于是乎只是存在着，不再是生活着。到了汉代，新的音乐又带来了新的诗，乐府诗，汉末便成立了五言诗的体制。这以后诗又和乐分家。五言诗四言诗不一样，分家后却还发展着，生活着。它不但能生活在唱里，并且能生活在读里。诗从此独立了，这是一个大变化。

四言变为五言，固然是跟着音乐发展，这也是语言本身在进展。因为语言本身也在进展，所以诗终于可以脱离音乐而独立，而只生活在读里。但是四言为什么停止进展呢？我想也许四言太呆板了，变化太少了，唱的时候有音乐帮衬，还不大觉得出；只读而不唱，便渐渐觉出它的单调了。不过四言却宜入文，东汉到六朝，四言差不多成了文的基本句式，后来又发展了六言，便成了所谓“四六”的体制。文句本多变化，又可多用虚助词，四言入文，不但不板滞，倒觉得整齐些。这也是语言本身的一种进展。语言本身的进展，靠口说，也靠朗读，而在言文分离像中国秦代以来的情形之下，诗文的进展靠朗读更多——文尤其如此。五言诗脱离音乐独立以后，句子的组织越来越凝练，词语的表现也越来越细密，原因固然很多，朗读是主要的一个。“读”原是“抽绎意蕴”的意思。只有朗读才能玩索每一词每一语每一句的意蕴，同时吟味它们的节奏。默读只是“玩索意蕴”的工作做得好。唱歌只是“吟味节奏”的工作做得好——却往往让意蕴滑了过去。

六朝时佛经“转读”盛行，影响诗文的朗读很大。一面沈约等发现了四声，于是乎朗读转变为吟诵。到了唐代，四声又归纳为平仄，于是乎有律诗。这时候的文也越见铿锵入耳。这些多半是吟诵的作用。律诗和铿锵的骈文，我们可以称为谐调，也是语言本身的一种进展。就诗而论，这种进展是要使诗不经由音乐的途径，而成功另一种“乐语”，就是不唱而谐。目的是达到了，靠了吟诵这个外来的影响。但是这种进展究竟偏畸而不大自然，所以盛唐诸家所作，还是五七言古诗比五七言律诗多（据施子愉《唐代科举制度与五言的关系》文中附表统计，文见《东方杂志》四十卷八号）。并且这些人作律诗，一面还是因为考试规定用律诗的缘故。后来韩愈也少作律诗，他更主持古文运动，要废骈用散，都是在求自然。那时古文运动已经开了风气，律诗却因可以悦耳娱目，又是应试必需，逐渐昌盛。晚唐人有“吟安一个字，捻断数茎髭”，“二句三年得，一吟双泪流”等诗句，特别见得对五律用力之专。而这种气力全用在“吟”上。律诗自然也可朗读，但它的生命在“吟”，从杜甫起就有“新诗改罢自长吟”的话。到了宋代，古文替代了骈文，诗也跟着散文化。七古七律特别进展，七律有意用不谐平仄的句子，所谓“拗调”。这一切表示重读而不重吟，回向口语的腔调。后世说宋诗以意为主，正是着重读的表现。

这时候，新的音乐又带来了一种新的诗体——词。因为歌唱的缘故，重行严别四声。但在宋亡以后词又不能唱了，只生活在仅辨平仄的“吟”里。后来有时连平仄也多少可以通融了，这又是朗读的影响，词也脱离音乐而独立了。元代跟新音乐并起的新诗体又有曲，直到现在还能唱，四声之外，更辨阴阳。因为未到朗读阶段，“看”起来总还不够分量似的。曲以后的新诗体就是我们现代的“新诗”——白话诗。新诗不出于音乐，不起于民间，跟过去各种诗体全异。过去的诗体都发源于民间乐歌，这却是外来的影响。因为不是根生土长，所以不容易让一般人接受它。新文学运动已经二十六年，白话文一般人已经接受了，但是白话诗怀疑的还是很多。不过从语言本身和诗本体的进展来看，这也是自然的趋势。诗趋向脱离音乐独立，趋向变化而近自然，如上文所论。过去每一诗体都依附音乐而起，然后脱离音乐而存。新诗不依附音乐而已活了二十六年，正所谓自力更生。一面在这二十六年里屡次有人提倡新诗采取民歌（徒歌和乐歌）的形式，并有人实地试验，特别在抗战以后，但是效果绝不显著。这见得那种简单的音乐已经不能配合我们现代人复杂的情思。现代是个散文的时代，即使是诗，也得调整自己，多少倾向散文化。而这又正是宋以来诗的主要倾向——求自然。再说六朝时外来的影响可以改变向来的传统，终于形成了律诗，直活到民国初年，这回外来的影响还近乎自然些，又何可限量呢？新诗不要唱，不要吟，它的生命在朗读，它得生活在朗读里。我们该从这里努力，才可以加速它的进展。

过去的诗体都是在脱离音乐独立之后才有长足的进展。就是四言诗也如此，像嵇康的四言诗，岂不比“三百篇”复杂而细密得多？五七言古近体的进展，我们看来更是显著，“取材广而命意新”（曹学佺《宋诗钞》序中语）一句话扼要的指出这种进展的方向。词的分量加重，也在清代常州词派以后；曲没有脱离音乐，进展就慢得多。这就是说，诗到了朗读阶段才能有独立的自由的进展，但是新诗一产生就在朗读阶段里，为什么现在落在白话文后面老远呢？一来诗的传统力量比文的传统大得多，特别在形式上。新诗起初得从破坏旧形式下手，直到民国十四年（1925年），新形式才渐渐建设起来，但一般人还是怀疑着。而当时诗的兴味也已赶不上散文的兴味浓厚。再说新诗既全然生活在朗读里，而诗又比文更重声调，若能有意地训练朗读，进展也可以快些。可是这种训练直到抗战以后才多起来。不过新诗由破坏形式而建设形式，现在已有相当成绩，正见出朗读的效用。

新诗的语言不是民间的语言，而是欧化的或现代化的语言。因此朗读起来不容易顺口顺耳。固然白话文也有同样情形，但是文的篇幅大，不顺的地方容易掩藏，诗的篇幅小，和谐的朗读更是困难。这种和谐的朗读本非二三十年可以达成。律诗的孕育经过二百多年，我们的新诗是由旧的人工走向新自然，和律诗方向相反，当然不需那么长的时期，但也只能移步换形，不能希望一蹴而就。有意的朗读训练该可以将期间缩短些，缩得怎样短，得看怎样努力。所谓顺口顺耳，就是现在一般人说的“上口”。“上口”的意义，严格的说，该是“口语里有了的”。现在白话诗文中有好些句式和词汇，特别是新诗中的隐喻，就是在受过中等教育的人的口语里，也还没有，所以便不容易上口。

但照一般的用法，“不上口”好像只是拗口或不顺口，这当然没有明确的分野，不过若以受过现代中等教育的人为标准，出入也许不至于太大。第一意义的“上口”太严格了，按这个意义，白话诗文能够上口的恐怕不多。最重要的，这样限制足以阻碍白话诗文的进展，同时足以阻碍口语的进展。白话诗文和口语该是交互影响着而进展的，所谓“国语的文学——文学的国语”。

第二意义的“上口”，该可用作朗读的标准。这所谓“上口”，就是使我们不致歪曲我们一般的语调。如何算“歪曲”，还待分析的具体的研究，但从这些年的经验里，我们也可以知道大略。例如长到二三十字的句，十余字的读，中间若无短的停顿，便不能上口，国语每十字间总要有个停顿才好。又如国语中常用被动句，现在固然不妨斟酌加一些，但不斟酌而滥用，便觉刺耳。口语和白话文里不常用的译名，不容易上口，诗里最好不用，至少也须不多用——外国文更应该如此。他称代词“它”和“它们”，国语里极少，也当细酌。文言夹在白话里，不容易和谐，除非白话里的确缺少那种表现，或者熟语新用，但总是避免的好。至于新诗里的隐喻常是创造的，上口自然不易。

可是这种隐喻的发展也是诗的生长的主要的成分，所谓“形象化”。旧日各种诗体里也有这个，不过也许没有新诗里多，而且，那些比较凝定的诗体可以掩藏新创的隐喻，使它得到平衡。所以我们得靠朗读熟悉这种表现，读惯了就可以上口了。其实除了一些句式，所谓不能上口的生硬的语汇，经过相当时间的流转，也许入了口语，或由于朗读，也会上口，这种“不上口”并不是绝对的。——我们所谓朗读，和宣读文告的宣读是一类，要见出每一词语每一句子的分量。这跟说话不同，新诗能够“说”的很少。

现时的诗朗诵运动，似乎用的是第一意义的“上口”的标准，并且用的是一般民众的口语的标准。这固然不失为诗的一体，但要将诗一概朗诵化就很难。文化的进展使我们朗读不全靠耳朵，也兼靠眼睛。这增加了我们的能力。现在的白话诗有许多是读出来不能让人全听懂的，特别是诗。新的词汇、句式和隐喻，以及不熟练的朗读的技术，都可能是原因，但除了这些，还有些复杂精细的表现，原不是一听就能懂的。这种诗文也有它们存在的理由。这种特别的诗，也还需要朗读，但只是读给自己听，读给几个看着原诗的朋友听。这种朗读是为了研究节奏与表现，自然也为了欣赏，受用。谁都可以去朗读并欣赏这种诗，只是这种诗不宜于大庭广众。卞之琳先生的一些诗，冯至先生的一些十四行，就有这种情形。近来读到鸥外鸥先生的一首诗，似乎也可作例。这首诗题为《和平的础石》，写在香港，歌咏的是香港老总督的铜像。现在节抄如下：

金属了的他
是否怀疑巍巍高耸在亚洲风云下的
休战纪念坊呢？
奠和平基础于此地吗？
那样想着而不瞑目的总督，
日夕踞坐在花岗石上永久的支着腮，
腮与指之间
生上了铜绿的苔藓了——
……
手永远支住了的总督，
何时可把手放下来呢？
那只金属了的手。

诗行也许太参差些。但"金属了的他""金属了的手"里的"金属"这个名词用作动词，便创出了新的词汇，可以注意。这二语跟第六七行原都是描述事实，但是全诗将那僵冷的铜像灌上活泼的情思，前二语便见得如何动不了，动不了手，第三语也便见得如何"永久的支着腮"在"怀疑"。这就都带上了隐喻的意味。这些都比较生硬而复杂，只可朗读给自己听，要是教一般人听，恐怕不容易听懂。不过为己的朗读和为人的朗读却该同时并进，诗才能有独立地圆满地进展。

1943年，1944年

诗的形式

二十多年来写新诗的和谈新诗的都放不下形式的问题，直到现在，新诗的提倡从破坏旧诗词的形式下手。胡适之先生提倡自由诗，主张“自然的音节”。但那时的新诗并不能完全脱离旧诗词的调子，还有些利用小调的音节的。完全用白话调的自然不少，诗行多长短不齐，有时长到二十几个字，又多不押韵。这就很近乎散文了。那时刘半农先生已经提议“增多诗体”，他主张创造与输入双管齐下。不过没有什么人注意。十二年陆志韦先生的《渡河》出版，他试验了许多外国诗体，有相当的成功，有一篇《我的诗的躯壳》，说明他试验的情形。他似乎很注意押韵，但还是觉得长短句最好。那时正在盛行“小诗”——自由诗的极端——他的试验也没有什么人注意。这里得特别提到郭沫若先生，他的诗多押韵，诗行也相当整齐。他的诗影响很大，但似乎只在那泛神论的意境上，而不在形式上。

“自然的音节”近于散文而没有标准——除了比散文句子短些，紧凑些。一般人，不但是反对新诗的人，似乎总愿意诗距离散文远些，有它自己的面目。十四年北平《晨报·诗刊》提倡的格律诗能够风行一时，便是为此。《诗刊》主张努力于“新形式与新音节的发现”（《诗刊》弁言），代表人是徐志摩、闻一多两位先生。徐先生试验各种外国诗体，他的才气足以驾驭这些形式，所以成绩斐然。而“无韵体”的运用更能达到自然的地步，这一体可以说已经成立在中国诗里。但新理论的建立得靠闻先生。他在《诗的格律》一文里主张诗要有“建筑的美”，这包括“节的匀称”“句的均齐”。要达到这种匀称和均齐，便得讲究格式、音尺、平仄、韵脚等。如他的《死水》诗的两头行：

这是　一沟　绝望的　死水，
清风　吹不起　半点　漪沦。

两行都由三个“二音尺”和一个“三音尺”组成，而安排不同。这便是“句的均齐”的一例。他也试验种种外国诗体，成绩也很好。后来又翻译白朗宁夫人十四行诗几十首，发表在《新月杂志》上，他给这种形式以“商籁体”的新译名。他是第一个使人注意“商籁”的人。

闻、徐两位先生虽然似乎只是输入外国诗体和外国诗的格律说，可是同时在创造中国新诗体，指示中国诗的新道路。他们主张的格律不像旧诗词的格律这样呆板。他们主张“相体裁衣”，多创格式。那时的诗便多向“匀称”、“均齐”一路走。但一般似乎只注重诗行的相等的字数而忽略了音尺等，驾驭文字的力量也还不足，因此引起“方块诗”甚至“豆腐干诗”等嘲笑的名字。一方面有些诗行还是太长。这当儿李金发先生等的象征诗兴起了。他们不注重形式而注重词的色彩与声音。他们要充分发挥词的暗示的力量：一面创造新鲜的隐喻，一面参用文言的虚字，使读者不致滑过一个词去。他们是在向精细的地方发展。这种作风表面上似乎回到自由诗，其实不然，可是规律运动却暂时像衰歇了似的。一般的印象好像诗只须“相体裁衣”，讲格律是徒然。

但格律运动实在已经留下了不灭的影响。只看抗战以来的诗，一面虽然趋向散文化，一面却也注意“匀称”和“均齐”，不过并不一定使各行的字数相等罢了。艾青和臧克家两位先生的诗都可作例，前者似乎多注意在“匀称”上，后者却兼注意在“均齐”上。而去年出版的卞之琳先生的《十年诗草》，更使我们知道这些年里诗的格律一直有人在试验着。从陆志韦先生起始，有志试验外国种种诗体的，徐、闻两先生外，还该提到梁宗岱先生，卞先生是第五个人。他试验过的诗体大概不比徐志摩先生少。而因为有前头的人做镜子，他更能融会那些诗体来写自己的诗。第六个人是冯至先生，他的《十四行集》也在去年出版，这集子可以说建立了中国十四行的基础，使得向来怀疑这诗体的人也相信它可以在中国诗里活下去。无韵体和十四行（或商籁）值得继续发展，别种外国诗体也将融化在中国诗里。这是模仿，同时是创造，到了头都会变成我们自己的。

无论是试验外国诗体或创造“新格式与新音节”，主要的是在求得适当的“匀称”和“均齐”。自由诗只能作为诗的一体而存在，不能代替“匀称”“均齐”的诗体，也不能占到比后者更重要的地位。外国诗如此，中国诗不会是例外。这个为的是让诗和散文距离远些。原来诗和散文的分界，说到底并不显明，像牟雷（Murry）甚至于说这两者并没有根本的区别（见《风格问题》一书）。不过诗大概总写得比较强烈些，它比散文经济些，一方面却也比散文复沓多些。经济和复沓好像相反，其实相成。复沓是诗的节奏的主要的成分，诗歌起源时就如此，从现在的歌谣和《诗经》的《国风》都可看出。韵脚跟双声叠韵也都是复沓的表现。诗的特性似乎就在回环复沓，所谓兜圈子，说来说去，只说那一点儿。复沓不是为了要说得少，是为了要说得少而强烈些。诗随时代发展，外在的形式的复沓渐减，内在的意义的复沓渐增，于是乎讲求经济的表现——还是为了说得少而强烈些。但外在的和内在的复沓，比例尽管变化，却相依为用，相得益彰。要得到强烈的表现，复沓的形式是有力的帮手。就是写自由诗，诗行也得短些，紧凑些，而且不宜过分参差，跟散文相混。短些，紧凑些，总可以让内在的复沓多些。

新诗的初期重在旧形式的破坏，那些白话调都趋向于散文化。陆志韦先生虽然主张用韵，但还觉得长短句最好，也可见当时的风气。其实就中外的诗体（包括词曲）而论，长短句都不是主要的形式；就一般人的诗感而论，也是如此。现在新诗已经发展到一个程度，使我们感觉到“匀称”和“均齐”还是诗的主要的条件，这些正是外在的复沓的形式。但所谓“匀称”和“均齐”并不要像旧诗——尤其是律诗——那样凝成定型。写诗只须注意形式上的几个原则，尽可“相体裁衣”，而且必须“相体裁衣”。

归纳各位作家试验的成果，所谓原则也还不外乎“段的匀称”和“行的均齐”两目。段的匀称并不一定要各段形式相同。尽可甲段和丙段相同，乙段和丁段相同，或甲乙丙段依次跟丁戊己段相同。但间隔三段的复沓（就是甲乙丙丁段依次跟戊己庚辛段相同）便似乎太远或太琐碎些。所谓相同，指的是各段的行数，各行的长短，和韵脚的位置等。行的均齐主要在音节（就是音尺）。中国语在文言里似乎以单音节和双音节为主，在白话里似乎以双音节和三音节为主。顾亭林说过，古诗句最长不过十个字。据卞之琳先生的经验，新诗每行也只该到十个字左右，每行最多五个音节。我读过不少新诗，也觉得这是诗行最适当的长度，再长就拗口了。这里得注重轻音字，如“我的”的“的”字，“鸟儿”的“儿”字等。这种字不妨作为半个音，可以调整音节和诗行。行里有轻音字，就不妨多一个两个字的。点号却多少有些相反的作用，行里有点号，不妨少一两个字。这样，各行就不会像刀切的一般齐了。各行音节的数目，当然并不必相同，但得匀称地安排着。一行至少似乎得有两个音节。韵脚的安排有种种式样，但不外连韵和间韵两大类，这里不能详论。此外句中韵（内韵），双声叠韵，阴声阳声，开齐合撮四呼等，如能注意，自然更多帮助。这些也不难分辨。一般人难分辨的是平仄声，但平仄声的分别在新诗里并不占什么地位。

新诗的白话，跟白话文的白话一样，并不全合于口语，而且多少趋向欧化或现代化。本来文字也不能全合于口语，不过现在的白话诗文跟口语的距离比一般文字跟口语的距离确是远些，因为我们的国语正在创造中。文字不全合于口语，可以使文字有独立的地位，自己的尊严。现在的白话诗文已经有了这种地位，这种尊严。象征诗的训练，使人不放松每一个词语，帮助增进了这种地位和尊严。但象征诗为要得到幽涩的调子，往往参用文言虚字，现在却似乎不必要了。当然用文言的虚字，还可以得到一些古色古香，写诗的人还可以这样做的。有些诗纯用口语，可以得着活泼亲切的效果，徐志摩先生的无韵体就能做到这地步。自由诗却并不见得更宜于口语。不过短小的自由诗不然。苏联玛耶可夫斯基的一些诗，就是这一类，从译文里也见出那精悍处。田间先生的《中国农村的故事》以至“诗传单”和“街头诗”也有这种意味。因为整个儿短小的诗形便于运用内在的复沓，比较容易成功经济的强烈的表现。

诗 韵

新诗开始的时候，以解放相号召，一般作者都不去理会那些旧形式。押韵不押韵自然也是自由的。不过押韵的并不少。到现在通盘看起来，似乎新诗押韵的并不比不押韵的少得很多。再说旧诗词曲的形式保存在新诗里的，除少数句调还见于初期新诗里以外，就没有别的，只有韵脚。这值得注意。新诗独独地接受了这一宗遗产，足见中国诗还在需要韵，而且可以说中国诗总在需要韵。原始的中国诗歌也许不押韵，但是自从押了韵以后，就不能完全甩开它似的。韵是有它的存在的理由的。

韵是一种复沓，可以帮助情感的强调和意义的集中。至于带音乐性，方便记忆，还是次要的作用。从前往往过分重视这种次要的作用，有时会让音乐淹没了意义，反觉得浮滑而不真切。即如中国读诗重读韵脚，有时也会模糊了全句，近体律绝声调铿锵，更容易如此。幸而一般总是隔句押韵，重读的韵脚不至于句句碰头。句句碰头的像“柏梁体”的七言古诗，逐句押韵，一韵到底，虽然是强调，却不免单调。所以这一体不为人所重。新诗不应该再重读韵脚，但习惯不容易改，相信许多人都还免不了这个毛病。我读老舍先生的《剑北篇》，就因为重读韵脚的原故，失去了许多意味，等听到他自己按着全句的意义朗读，只将韵脚自然的带过去，这才找补了那些意味。——不过这首诗每行押韵，一韵又有许多行，似乎也嫌密些。

有人觉得韵总不免有些浮滑，而且不自然。新诗不再为了悦耳，它重在意义，得采用说话的声调，不必押韵。这也言之成理。不过全是说话的声调也就全是说话，未必是诗。英国约翰·德林瓦特（John Drinkwater）曾在《论读诗》的一张留声机片中说全用说话调读诗，诗便跑了。是的，诗该采用说话的调子，但诗的自然究竟不是说话的自然，它得加减点儿，夸张点儿，像电影里特别镜头一般，它用的是提炼的说话的调子。既是提炼而得自然，押韵也就不至于妨碍这种自然。不过押韵的样式得多多变化，不可太密，不可太板，不可太响。

押韵不可太密，上文已举“柏梁体”为例。就是隔句押韵，有些人还恐怕单调，于是乎有转韵的办法，这用在古诗里，特别是七古里。五古转韵，因为句子短，隔韵近，转韵求变化，道理明白。但七古句子长，韵隔远，为什么转韵的反而多呢？这有特别的理由。原来六朝到唐代七古多用谐调，平仄铿锵，带音乐性已经很多，转韵为的是怕音乐性过多。后来宋人作七古，多用散文化的句调，却怕音乐性过少，便常一韵到底，不换韵。所以韵的作用，归根结底，还是随着意义变的。我们就韵论韵，只是一种方便，得其大概罢了，并没有什么铁律可言。词的句调比较近于说话，变化多，转韵也多。可是词又出于乐歌，带着很多的音乐性，所以一般地看，用韵比较密。它以转韵调剂密韵，显明的例子如《河传》。还有一种平仄通押（如贺铸《水歌调头》“南国本潇洒，六代竞豪奢”一首，见《东山寓声乐府》）也是转韵，变化虽然不及一般转韵的大，却能保存着那一韵到底的一贯的气势，是这一体的长处。曲的句调也近于说话，但以明快为主，并因乐调的配合，都是到底一韵。不过平仄通押是有的。

词的押韵的样式最多，它还有间韵。如温庭筠的《酒泉子》道：

> 楚女不归，
> 楼枕小河春水。
> 月孤明，风又起，
> 杏花稀。

玉钗斜篸云鬟髻，
裙上镂金凤。
八行书，千里梦，
雁南飞。

（据《词律》卷二）

这里间隔地错综地押着三个韵，很像新诗，而那“稀”和“飞”两韵，简直就是新诗的“章韵”。又如苏轼的《水调歌头》的前半阕道：

明月几时有？把酒问青天。
不知天上宫阙今夕是何年！
我欲乘风归去，
又恐琼楼玉宇
高处不胜寒。
起舞弄清影，何似在人间！

（据任二北先生《词学研究法》，与《词律》异）

这也是间隔着押两个韵。这些都是转韵，不过是新样式罢了。

诗里早有人试过间韵。晚唐章碣有所谓“变体”律诗，平仄各一韵，就是这个：

东南路尽吴江畔，
正是穷愁暮雨天。
鸥鹭不嫌斜两岸，
波涛欺得逆风船。
偶逢岛寺停帆看，
深羡渔翁下钓眠。

今古若论英达筭，
鸱夷高兴固无边。

（《全唐诗》四函一册）

章碣“变体”只存这一首，也不见别人仿作，可见并未发生影响。他的试验是失败了。失败的原因，我想是在太板太密。新诗里常押这种间韵，但是诗行节奏的变化多，行又长，就没有什么毛病了。间韵还可以跨句。如上举《酒泉子》的“起”韵，《水调》的“宇”韵，都不在意义停顿的地方，得跟下面那个不同韵的韵句合成一个意义单位。这是减轻韵脚的重量，增加意义的重量，可以称为跨句韵。这个样式也从诗里来，鲍照是创始的人。如他的《梅花落》诗道：

中庭杂树多，偏为梅咨嗟。问君何独然？念其霜中能作花；霜中能作实，摇荡春风媚春日。念尔零落逐寒风，徒有霜华无霜质！

“实”韵正是跨句韵；但这首诗只是转韵，不是间韵。现在新诗里用间韵很多，用这种跨句韵也不少。

任二北先生在《词学研究法》里论“谐于吟讽之律”，以为押韵“连者密者为谐”。他以为《酒泉子》那样押韵嫌“隔”而不连，《西平乐》后半阕“十六句只三叶韵”，嫌“疏”而不密。他说这些“于歌唱之时，容或成为别调，若于吟讽之间，则皆无取焉”。他虽只论词，但喜欢连韵和密韵，却代表着传统的一般的意见。我们一向以高响的说话和歌唱为“好听”（见王了一先生《什么话好听》一文，《国文月刊》），所以才有这个意见。但是现代的生活和外国的影响磨锐了我们的感觉，我们尤其知道诗重在意义，不只为了悦耳。那首《酒泉子》的韵倒显得新鲜而不平凡，那《西平乐》一调的疏韵也别有一种“谐”处。《词律拾遗》卷六收吴文英的《西平乐》一首，后半阕十六句中有十三个四字短句。这种句式的整齐复沓也是一种“谐”，可以减少韵的负担。所以“十六句三叶韵”并不为少。

这种疏韵除利用句式的整齐复沓外，还可与句中韵（内韵）和双声叠韵等合作，得到新鲜的和谐。疏韵和间韵都有点儿“哑”，但在哑的严肃里，意义显出了重量。新诗逐行押韵的比较少，大概总是隔行押韵或押间韵。新诗行长，这就见得韵隔远，押韵疏了。间韵能够互相调谐，从十四行体的流行可知，隔行押韵，也许加点儿花样更和谐些。新诗这样减轻了韵脚的分量，只是我们有时还不免重读韵脚的老脾气。这得靠朗读运动来矫正。新诗对于韵的态度，是现代生活和外国诗的影响，前已提及。但这新种子，如本篇所叙，也曾在我们的泥土里滋长过，只不算欣欣向荣罢了。所以这究竟也是自然的发展。

作旧诗词曲讲究选韵。这就是按着意义选押合宜的韵——指韵部，不指韵脚。周济《宋四家词选》序论中说到各韵部的音色，就是为的选韵。他道：

> “东”“真”韵宽平，“支”“先”韵细腻，“鱼”“歌”韵缠绵，“萧”“尤”韵感慨，各具声响，莫草草乱用。

这只是大概的说法，有时很得用，但不可拘执不化。因为组成意义的分子很多，韵只居其一，不可给予太多的分量。韵部的音色固然可以帮助意义的表现，韵部的通押也有这种作用，而后者还容易运用些。作新诗不宜全押本韵，全押本韵嫌太谐太响。参用通押，可以哑些，所谓“不谐之谐”（现代音乐里也参用不谐的乐句，正同一理），而且通押时供选择的韵字也增多。不过现在的新诗作者，押韵并不查诗韵，只以自己的蓝青官话为据，又常平仄通押，倒是不谐而谐的多。不过“谐韵”也用得着。这里得提到教育部制定的《中华新韵》。这是一部标准的国音韵书，里面注明通韵。要谐，押本韵，要不谐，押通韵。有本韵书查查，比自己想韵方便得多。作方言诗自然可用方音押韵，也很新鲜别致的。新诗又常用“多字韵”或带轻音字的韵，有一种轻快利落的意味，这也在减少韵脚的重量。胡适之先生的“了字韵”创始于新诗的“多字韵”，但他似乎用得太多。

现在举卞之琳先生《傍晚》这首短诗，显示一些不平常的押韵的样式。

倚着西山的夕阳
和呆立着的庙墙
对望着：想要说什么呢？
又怎么不说呢？

驮着老汉的瘦驴
匆忙的赶回家去，
忒忒的，足蹄鼓着道儿——
枯涩的调儿！
半空里哇的一声
一只乌鸦从树顶
飞起来，可是没有话了，
　　依旧息下了。

按《中华新韵》，这首诗用的全是本韵。但“驴”与“去”，“声”与“顶”是平仄通押；“阳”“墙”“驴”“顶”都是跨句韵，“么呢”“说呢”，“道儿”“调儿”，“话了”“下了”，都是“多字韵”。而“么”“去”“下”都是轻音字，和非轻音字相押，为的顺应全诗的说话调。轻音字通常只作“多字韵”的韵尾，不宜与非轻音字押韵；但在要求轻快流利的说话的效用时，也不妨有例外。

诗言志辨

序

西方文化的输入改变了我们的“史”的意念，也改变了我们的“文学”的意念。我们有了文学史，并且将小说、词曲都放进文学史里，也就是放进“文”或“文学”里；而曲的主要部分，剧曲，也作为戏剧讨论，差不多得到与诗文平等的地位。我们有了王国维先生的《宋元戏曲史》，这是我们的第一部文学专史或类别的文学史。新文学运动加强了新的文学意念的发展。小说的地位增高，我们有了鲁迅先生的《中国小说史略》。词曲差不多升到了诗里，我们有刘毓盘先生的《词史》，虽然只是讲义，而且并未完成，还有王易先生的《词曲史》。民间的歌谣和故事也升到了文学里，“变文”和弹词等也跟着升，于是乎有郑振铎先生的《中国俗文学史》。这里特别要提出的是，在中国的文学批评称为“诗文评”的，也升了格成为文学的一类。陈中凡先生的《中国文学批评史》仅后于《宋元戏曲史》，但到郭绍虞先生的那一本出来，才引起一般的注意，虽然那还只是上卷书。

从目录学上看，俗文学或民间文学的歌谣部分虽然因为用作乐歌，早得著录，但别的部分差不多从不登大雅之堂。词曲发展得晚，著录得也晚。小说发展虽早，从前只附在子、史两部里，我们所谓小说的小说，到明代才见著录。诗文评的系统的著作，我们有《诗品》和《文心雕龙》，都作于梁代。可是一向只附在“总集”类的末尾，宋代才另立“文史”类来容纳这些书。这“文史”类后来演变为“诗文评”类。著录表示有地位，自成一类表示有独立的地位；这反映着各类文学本身如何发展，并如何获得一般的承认。

一类文学获得一般的承认，却还未必获得与别类文学一般的平等的地位。小说、词曲、诗文评，在我们的传统里，地位都在诗文之下，俗文学除一部分古歌谣归入诗里以处，可以说是没有地位。西方文化输入了新的文学意念，加上新文学的创作，小说、词曲、诗文评，才得升了格，跟诗歌和散文平等，都成了正统文学。但俗文学还只是“俗”文学；虽是“文学”，还不能放进正统里。所谓词曲的平等地位，得分开来看。戏曲是歌剧，属于戏剧类，与话剧平分天下。词和散曲可以说是诗类，但就史的发展论，范围跟影响都远不如五七言诗，所以还只能附在诗里；不过从“诗馀”、“词馀”而成为“诗”，从馀位升到了正位，确是真的。诗文评虽然极少完整的著作，但从本质上看，自然是文学批评。前些年苏雪林女士曾著专文讨论，结论是正的。现在一般似乎都承认了诗文评即文学批评的独立的平等的地位。

文学史的发展一面跟着一般史学的发展，一面也跟着文学的发展。这些年来我们的史学很快的进步，文学也有了新的成长，文学史确实改变了面目。但是改变面目是不够的，我们要求新的血和肉。这需要大家长期地不断地努力。一般的文学史如此，类别的文学史更显然如此。而文学批评史似乎尤其难。一则一般人往往有种成见，以为无创作才的才去做批评工作，批评只是第二流货色，因此有些人不愿意研究它。二则我们的诗文评断片的多，成形的少，不容易下手。三则我们的现代文学里批评一类也还没有发展，在各类文学中它是最落后的。现在我们固然愿意有些人去试写中国文学批评史，但更愿意有许多人分头来搜集材料，寻出各个批评的意念如何发生，如何演变——寻出它们的史迹。这个得认真地仔细地考辨，一个字不放松，像汉学家考辨经史子书。这是从小处下手。希望努力的结果可以阐明批评的价值，划除一般人的成见，并坚强它那新获得的地位。

诗文评的专书里包含着作品和作家的批评，文体的史的发展，以及一般的理论，也包含着一些轶事异闻。这固然得费一番爬梳剔抉的工夫。专书以外，经史子集里还有许多，即使不更多，诗文评的材料，直接的或间接的。前者如“诗言志”，“思无邪”，“辞，达而已矣”，“修辞立其诚”；后者如《庄子》里“神”的意念和《孟子》里“气”的意念。这些才是我们的诗文评的源头，从此江、淮、河、汉流贯我们整个文学批评史。至于选集、别集的序跋和评语，别集里的序跋、书牍、传志，甚至评点书，还有《三国志》、《世说新语》、《文选》诸注里，以及小说、笔记里，也都五光十色，层出不穷。这种种是取不尽、用不竭的，人手越多越有意思。只要不掉以轻心，谨严地考证、辨析，总会有结果的。

我们的文学批评似乎始于论诗，其次论“辞”，是在春秋及战国时代。论诗是论外交“赋诗”，“赋诗”是歌唱入乐的诗。论“辞”是论外交辞命或行政法令。两者的作用都在政教。从论“辞”到论“文”还有一段曲折的历史，这里姑且不谈；只谈诗论。“诗言志”是开山的纲领，接着是汉代提出的“诗教”。汉代将“六艺”的教化相提并论，称为“六学”；而流行最广的是“诗教”。这时候早已不歌唱诗，只诵读诗。“诗教”是就读诗而论，作用显然也在政教。这时候“诗言志”、“诗教”两个纲领都在告诉人如何理解诗，如何受用诗。但诗是不容易理解的。孟子说过论诗者“不以文害辞，不以辞害志”，确也说过知人论世。毛公释“兴诗”，似乎根据前者，后来称为“比兴”；郑玄作《诗谱》，论“正变”，显然根据后者。这些是方法论，是那两个纲领的细目，归结自然都在政教。

这四条诗论，四个批评的意念，二千年来都曾经过多多少少的演变。现代有人用“言志”和“载道”标明中国文学的主流，说这两个主流的起伏造成了中国文学史。“言志”的本义原跟“载道”差不多，两者并不冲突；现时却变得和“载道”对立起来。“诗教”原是“温柔敦厚”，宋人又以“无邪”为“诗教”；这却不相反而相成。“比兴”的解释向来纷无定论；可以注意的是这个意念渐渐由方法而变成了纲领。“正变”原只论“风雅正变”，后来却与“文变”说联合起来，论到诗文体的正变；这其实是我们固有的“文学史”的意念。

这本小书里收的四篇论文，便是研究那四条诗论的史的发展的。这四条诗论，四个词句，在各时代有许多不同的用例。书中便根据那些重要的用例试着解释这四个词句的本义跟变义，源头和流派。但《比兴》一篇却只能从《毛诗》下手，没有追溯到最早的源头；文中解释“赋”“比”“兴”的本义，也只以关切《毛诗》的为主。“赋”“比”“兴”原来大概是乐歌的名称，和“风”“雅”“颂”一样。这一层已经有人在研究，但跟文学批评无关，我们可以不论。《毛诗》的解释跟作诗人之意相合与否，我们也不论。因为我们要解释的是“比兴”，不是诗。

本书原拟名为“诗论释辞”，“辞”指词句而言。后来因为书中四篇论文是一套，而以“诗言志”一个意念为中心，所以改为今名。《诗言志》篇跟《比兴》篇是抗战前写的，曾分别登载《语言与文学》和《清华学报》。《诗教》篇跟《正变》篇是近两年中写的。前者曾载《人文科学学报》；后者也给了《清华学报》，但这一期学报本身还未能印出。已发表的三篇都经过补充和修正，《诗言志》篇差不多重写了一回，不过疏陋的地方必还不少，如承方家指教，深为感谢。

诗言志

一 献诗陈志

《今文尚书·尧典》记舜的话，命夔典乐，教胄子，又道：

> 诗言志，歌永言，声依永，律和声；八音克谐，无相夺伦，神人以和。

郑玄注云：

> 诗所以言人之志意也。永，长也，歌又所以长言诗之意。声之曲折，又长言而为之。声中律乃为和。

这里有两件事：一是诗言志，二是诗乐不分家。《左传》襄公二十七年也有“诗以言志”的话。那是说“赋诗”的，而赋诗是合乐的，也是诗乐不分家。据顾颉刚先生等考证，《尧典》最早也是战国时才有的书。那么，“诗言志”这句话也许从“诗以言志，，那句话来，但也许彼此是独立的。

《说文》三上《言部》云：

诗，志也。〔志发于言〕。从“言”，“寺”声。

古文作“䛴”，从“言”，“㞢”声。杨遇夫先生（树达）在《释诗》一文里说：“‘志，字从‘心’，‘㞢’声，‘寺’，字亦从‘㞢’声。‘㞢’、‘志’、‘寺’古音盖无二。……其以‘㞢’，为‘志’，或以‘寺’为‘志’，音近假借耳。”又据《左传》昭公十六年韩宣子“赋不出郑志”的话，说“郑志”即“郑诗”：因而以为“古‘诗’志，二文同用，故许（慎）径以‘志，释‘诗”。闻一多先生在《歌与诗》里更进一步说道：

志字从“㞢”，卜辞“㞢”作“㞢”，从“止”下“一”，像人足停止在地上，所以“㞢”本训停止。……“志”从“㞢”从“心”，本义是停止在心上。停在心上亦可说是藏在心里。

他说“志有三个意义：一、记忆；二、记录；三、怀抱。”从这里出发，他证明了“志与诗原来是一个字”。但是到了“诗言志”和“诗以言志”这两句话，“志”已经指“怀抱”了。《左传》昭公二十五年云：

子太叔见赵简子。……简子曰：“敢问何谓礼？”对曰：“吉也闻诸先大夫子产曰：‘……民有好、恶、喜、怒、哀、乐，生于六气。是故审则宜类，以制六志。哀有哭泣，乐有歌舞，喜有施舍，怒有战斗。喜生于好，怒生于恶。是故审行信令，祸福赏罚，以制死生。生，好物也；死，恶物也。好物，乐也；恶物，哀也。哀乐不失，乃能协于天地之性，是以长久。’”

孔颖达《正义》说：“此六志《礼记》谓之‘六情’。在己为情，情动为志，情、志一也。”汉人又以“意”为“志”，又说志是“心所念虑”，“心意所趣向”，又说是“诗人志所欲之事”。情和意都指怀抱而言；但看子产的话跟子太叔的口气，这种志，这种怀抱是与“礼”分不开的，也就是与政治、教化分不开的。

“言志”这词组两见于《论语》中。《公冶长》篇云：

颜渊、季路侍。子曰：“盍各言尔志？”子路曰：“愿车马衣裘与朋友共，敝之而无憾。”颜渊曰：“愿无伐善，无施劳。”子路曰：“愿闻子之志！”子曰：“老者安之，朋友信之，少者怀之。”

《先进》篇记子路、曾皙、冉有、公西华“各言其志”，语更详。两处所记“言志”，非关修身，即关治国，可正是发抒怀抱。还有，《礼记·檀弓》篇记晋世子申生被骊姬谗害，他兄弟重耳向他道：“子盖（盍）言子之志于公乎？”郑玄注：“重耳欲使言见谮之意。”这也是教他陈诉怀抱。这里申生陈诉怀抱，一面关系自己的穷通，一面关系国家的治乱。可是他不愿意陈诉，他自己是死了，晋国也跟着乱起来。这种志，这种怀抱，其实是与政教分不开的。

《诗经》里说到作诗的有十二处：

一 维是褊心，是以为刺。（《魏风·葛屦》）

二 夫也不良，歌以讯之。（《陈风·墓门》）

三 是用作歌，“将母”来谂。（《小雅·四牡》）

四 家父作诵，以究王讻。（《小雅·节南山》）

五 作此好歌，以极反侧。（《小雅·何人斯》）

六 寺人孟子，作为此诗。凡百君子，敬而听之。（《小雅·巷伯》）

七 君子作歌，维以告哀。（《小雅·四月》）

八　矢诗不多，维以遂歌。（《大雅·卷阿》）

九　王欲玉女，是用大谏。（《大雅·民劳》）

十　虽曰“匪予”，既作尔歌。（《大雅·桑柔》）

十一　吉甫作诵，其诗孔硕，其风肆好，以赠申伯。（《大雅·嵩高》）

十二　吉甫作诵，穆如清风。（《大雅·蒸民》）

这里明用“作”字的八处，其余也都含有“作”字意。（一）最，显，不必再说。（二）《传》云：“讯，告也。”《笺》云：“歌谓作此诗也。既作，可使工歌之，是谓之告。”《经典释文》引《韩诗》：“讯，谏也。”《说文·言部》：“谏，数谏也。”段玉裁云：“谓数其失而谏之。凡讥‘刺’字当用此。”（八）《传》云：“不多，多也。明王使公卿献诗以陈其志，遂为工师之歌焉。”（九）《笺》云：“玉者，君子比德焉。王乎，我欲令女（汝）如玉然。故作是诗，用大谏正女（汝）。”

这些诗的作意不外乎讽与颂，诗文里说得明白。像“以为刺”、“以讯之”、“以究王訩”、“以极反侧”、“用大谏”，显言讽谏，一望而知。《四牡》篇的“‘将母’来谂”，《笺》云：“谂，告也。……作此诗之歌，以养父母之志来告于君也。”与《巷伯》的“凡百君子，敬而听之”，《四月》的“维以告哀”，都是自述苦情，欲因歌唱以告于在上位的人，也该算在讽一类里。《桑柔》的“虽曰‘匪予’，既作尔歌”，《笺》云：“女（汝）虽柢距，已言‘此政非我所为’，我已作女（汝）所行之歌，女（汝）当受之而无悔。”那么，也是讽了。为颂美而作的，只有《卷阿》篇的陈诗以“遂歌”，和尹吉甫的两“诵”。《卷阿传》说“王使公卿献诗以陈其志”，“陈志”就是“言志”。因为是“献诗”或赠诗（如《嵩高》、《烝民》），所以“言志”不出乎讽与颂，而讽比颂多。

《国语·周语》上记厉王“得卫巫，使监谤者。以告，则杀之”。邵公谏道：

为川者决之使导，为民者宣之使言。故天子听政，使公卿至于列士献诗，瞽献曲，史献书，师箴，瞍赋，矇诵，百工谏，庶人传语，近臣尽规，亲戚补察，瞽史教诲，耆艾修之，而后王斟酌焉，是以事行而不悖。

《晋语》六赵文子冠，见范文子，范文子说：

夫贤者宠至而益戒，不足者为宠骄。故兴王赏谏臣，逸王罚之。吾闻古之言王者，政德既成，又听于民。于是乎使工诵谏于朝，在列者献诗，使勿兜（惑也）；风（采也）听胪（传也）言于市，辨袄祥于谣，考百事于朝，问谤誉于路。有邪而正之，尽戒之术也；先王疾是骄也。

《左传》襄公十四年记师旷对晋平公的话，大略相同；但只作“瞽为诗”，没有明说“献诗”。

从这几段记载看，可见“公卿列士的讽谏是特地做了献上去的，庶人的批评是给官吏打听到了告诵上去的”。献诗只是公卿列士的事，轮不到庶人。而说到献诗，连带着说到瞽、矇、瞍、工，都是乐工，又可见诗是合乐的。

古代有所谓“乐语”。《周礼·大司乐》：

以乐语教国子：兴、道、讽、诵、言、语。

这六种“乐语”的分别，现在还不能详知，似乎都以歌辞为主。“兴”、“道”（导）似乎是合奏，“讽”、“诵”似乎是独奏；“言”、“语”是将歌辞应用在日常生活里。这些都用歌辞来表示情意，所以称为“乐语”。《周礼》如近代学者所论，大概是战国时作，但其中记述的制度多少该有所本，决不至于全是想像之谈。“乐语”的存在，从别处也可推见。《国语·周语》下云：

> 晋羊舌肸聘于周。……（单）靖公享之。……语说“昊天有成命”（《周颂》）单之老送叔向（肸的字），叔向告之曰：“……其语说‘昊天有成命’，‘颂’之盛德也。其诗曰……是道成王之德（道文、武能成其王德）也。……单子俭、敬、让、咨，以应成德，单若不兴，子孙必蕃，后世不忘。……”

韦昭解道：“‘语’，宴语所及也。‘说’，乐也。”似乎“昊天有成命”是这回享礼中奏的乐歌，而单靖公言语之间很赏识这首歌辞。叔向的话先详说这篇歌辞——诗，然后论单靖公的为人，并预言他的家世兴盛。这正是“乐语”，正可见“乐语”的重要作用。《论语·阳货》篇简单地记着孔子一段故事：

> 孺悲欲见孔子，孔子辞以疾。将命者出户，取瑟而歌，使之闻之。

历来都说孔子“取瑟而歌”只是表明并非真病，只是表明不愿见。但小病未必就不能歌，古书中时有例证；也许那歌辞中还暗示着不愿见的意思。若这个解释不错，这也便是“乐语”了。

《荀子·乐论》里说“君子以钟鼓道志”。“道志”就是“言志”，也就是表示情意，自见怀抱。《礼记·仲尼燕居》篇记孔子的话：“是故君子不必亲相与言也，以礼乐相示而已。”这虽未必真是孔子说的，却也可见“乐语”的传统是存在的。《汉书》二十二《礼乐志》论乐，也道“和亲之说难形，则发之于诗歌咏言、钟石筦弦”，“乐语”的作用正在暗示上。又，《礼记·乐记》载子夏答魏文侯问乐云：

> 今夫古乐……君子于是语，于是道古，修身及家，平均天下。此古乐之发也。今夫新乐……乐终不可以语，不可以道古。此新乐之发也。

这里“语”虽在“乐终”，却还不失为一种“乐语”。这里所“语”的是乐意，可以见出乐以言志、歌以言志、诗以言志是传统的一贯。以乐歌相语，该是初民的生活方式之一。那时结恩情、做恋爱用乐歌，这种情形现在还常常看见；那时有所讽颂、有所祈求，总之有所表示，也多用乐歌。人们生活在乐歌中。乐歌就是“乐语”，日常的语言是太平凡了，不够郑重，不够强调的。明白了这种“乐语”，才能明白献诗和赋诗。这时代人们还都能歌，乐歌还是生活里重要节目。献诗和赋诗正从生活的必要和自然的需求而来，说只是周代重文的表现，不免是隔靴搔痒的解释。

献诗的记载不算太多。前引《诗经》里诸例以外，顾颉刚先生还举过两个例：《左传》昭公十二年，子革对楚灵王云：

> 昔穆王欲肆其心，周行天下，将皆必有车辙马迹焉。祭公谋父作《祈招》之诗以止王心，王是以获没于祗宫。……其诗曰：“祈招之愔愔，式昭德音。思我王度，式如玉，式如金。形民之力而无醉饱之心！”

又，《国语·楚语》上记左史倚相的话：

> 昔卫武公年数九十有五矣，犹箴儆于国曰：“自卿以下，至于师长士，苟在朝者，无谓老耄而舍我！必恭恪于朝，朝夕以交戒我！闻一二之言，必诵志而纳之以训导我！”在舆有旅贲之规，位宁有官师之典，倚几有诵训之谏，居寝有亵御之箴，临事有瞽史之导，宴居有师工之诵，史不失书，矇不失诵，以训御之。于是作《懿戒》以自儆也。

《祈招》是逸诗。《懿戒》韦昭说就是《大雅》的《抑篇》，“懿读之曰抑”。“自儆”可以算是自讽。这两个故事虽然都出于转述，但参看上文所举《诗经》中说到诗的作意诸语，似乎是可信的。这两段是春秋以前的故事。春秋时代还有晏子谏齐景公的例。《晏子春秋·内篇谏下》第五云：

> 晏子使于鲁。比其返也，景公使国人起大台之役。岁寒不已，冻馁之者乡有焉。国人望晏子。晏子至，已复事，公延坐，饮酒，乐。晏子曰：“君若赐臣，臣请歌之。”歌曰：“庶民之言曰：‘冻水洗我若之何！太上靡散我若之何！’”歌终，喟然叹而流涕。公就止之曰：“夫子曷为至此？殆为大台之役夫？寡人将速罢之。”

《晏子春秋》虽然驳杂，这段故事的下文也许不免渲染一些，但照上面所论“乐语”的情形，这里“歌谏”的部分似乎也可信。总之，献诗陈志不至于是托古的空想。

春秋时代献诗的事，在上面说到的之外似乎还有，从下列四例可见：

> 一　卫庄公娶于齐东宫得臣之妹，曰庄姜，美而无子，卫人所为赋《硕人》也。（《左传》隐公三年）
>
> 二　狄人……灭卫。……卫之遗民……立戴公以庐于曹。许穆夫人赋《载驰》。（《左传》闵公二年）
>
> 三　郑人恶高克，使帅师次于河上，久而弗召。师溃而归，高克奔陈。郑人为之赋《清人》。（同上）
>
> 四　秦伯任好卒，以子车氏之三子奄息、仲行、针虎为殉，皆秦之良也。国人哀之，为之赋《黄鸟》。（《左传》文公六年）

（一）《诗序》云："庄公惑于嬖妾，使骄上僭。庄姜贤而不答，终以无子，国人闵而忧之。"（二）《序》云："许穆夫人闵卫之亡，伤许之小，力不能救，思归唁其兄，又义不得，故赋是诗也。"（三）《序》云："（郑）公子素恶高克进之不以礼，文公退之不以道，危国亡师之本，故作是诗也。"（四）《序》云："国人刺穆公以人从死而作是诗也。"《诗序》虽多穿凿，但这几篇与《左传》所记都相合，似乎不是向壁虚造。《诗经》中"人"字往往指在位的大夫君子，这里的"卫人"、"郑人"、"国人"都不是庶人；《诗序》以"郑人"为公子素，更可助成此说。"赋"是自歌或"使工歌之"；《硕人》篇要歌给庄公听，《载驰》篇要歌给戴公听，《清人》篇要歌给文公听，《黄鸟》篇也许要歌给康公听。这些也都属于讽一类。

"诗"这个字不见于甲骨文、金文，《易经》中也没有。《今文尚书》中只见了两次，就是《尧典》的"诗言志"，还有《金縢》云："于后（周）公乃为诗以诒（成）王，名之曰《鸱鸮》。"《尧典》晚出，这个字大概是周代才有的。——献诗陈志的事，照上文所引的例子，大概也是周代才有的。"志"字原来就是"诗"字，到这时两个字大概有分开的必要了，所以加上"言"字偏旁，另成一字；这"言"字偏旁正是《说文》所谓"志发于言"的意思。《诗经》里也只有三个"诗"字，就在上文引的《巷伯》、《卷阿》、《嵩高》三篇的诗句中。《诗序》以《巷伯》篇为幽王时作，《卷阿》篇成王时作，《嵩高》篇宣王时作。按《卷阿》篇说，"诗"字的出现是在周初，似乎和《金縢》篇可以印证。但《诗序》不尽可信，《金縢》篇近来也有些学者疑为东周时所作；这个字的造成也许并没有那么早，所以只说大概周代才有。至于《诗经》中十二次说到作诗，六次用"歌"字，三次用"诵"字，只三次用"诗"字，那或是因为"诗以声为用"的原故；《诗经》所录原来全是乐歌，乐歌重在歌、诵，所以多称"歌"、"诵"。不过歌、诵有时也不合乐，那便是徒歌，与讴、谣同类。徒歌大都出于庶民，记载下来的不多。前引《国语》中所谓“庶人传语”，所谓“胪言”，该包含着这类东西。这里面有“谤”也有“誉”，有讽也有颂——郑舆人诵子产，最为著名。也有非讽非颂的“缘情”之作，见于记载的如《左传》成公十七年的声伯《梦歌》。但这类“缘情”之作所以保存下来，并非因为它们本身的价值，而是别有所为。如《左传》录声伯《梦歌》，便为的记梦的预兆。《诗经》里一半是“缘情”之作，乐工保存它们却只为了它们的声调，为了它们可以供歌唱。那时代是还没有“诗缘情”的自觉的。

二　赋诗言志

《左传》里说到诗与志的关系的共三处，襄公二十七年最详：

郑伯享赵孟于垂陇，子展、伯有、子西、子产、子大叔、二子石从。赵孟曰：“七子从君，以宠武也，请皆赋，以卒君贶。武亦以观七子之志。”

子展赋《草虫》。赵孟曰：“善哉！民之主也！抑武也不足以当之。”

伯有赋《鹑之贲贲》。赵孟曰：“床笫之言不逾阈，况在野乎！非使人之所得闻也。”

子西赋《黍苗》之四章。赵孟曰：“寡君在，武何能焉！”

子产赋《隰桑》。赵孟曰：“武请受其卒章。”

子大叔赋《野有蔓草》。赵孟曰：“吾子之惠也！”

印段（子石）赋《蟋蟀》。赵孟曰：“善哉！保家之主也！吾有望矣。”

公孙段（子石）赋《桑扈》。赵孟曰：“‘匪交匪敖’，福将焉往！若保是言也，欲辞福禄，得乎！”

卒享，文子告叔向曰：“伯有将为戮矣。诗以言志。志诬其上而公怨之，以为宾荣，其能久乎！幸而后亡！”叔向曰：

“然。已侈。所谓不及五稔者，夫子之谓矣。”

文子曰：“其馀皆数世之主也。子展其后亡者也，在上不忘降。印氏其次也，乐而不荒，乐以安民，不淫以使之，后亡，不亦可乎！”

这里赋诗的郑国诸臣，除伯有外，都志在称美赵孟，联络晋、郑两国的交谊。赵孟对于这些颂美，“有的是谦而不敢受，有的是回敬几句好话”。只伯有和郑伯有怨，所赋的诗里有云：“人之无良，我以为君！”是在借机会骂郑伯。所以范文子说他“志诬其上而公怨之”。又，在赋诗的人，诗所以“言志”；在听诗的人，诗所以“观志”、“知志”。“观志”已见，“知志”见《左传》昭公十六年：

郑六卿饯宣子于郊。宣子曰：“二三君子请皆赋，起亦以知郑志。”

“观志”或“知志”的重要，上引例中已可见，但下一例更显著。《左传》襄公十六年云：

晋侯与诸侯宴于温，使诸大夫舞，曰：“歌诗必类。”齐高厚之诗不类。荀偃怒，且曰：“诸侯有异志矣！”使诸大夫盟高厚。高厚逃归。于是叔孙豹、晋荀偃、宋向戌、卫宁殖、郑公孙虿、小邾之大夫盟曰：“同讨不庭！”

孔颖达《正义》说：“歌古诗，各从其恩好之义类。”高厚所歌之诗独不取恩好之义类，所以说“诸侯有异志”。

这都是从外交方面看，诗以言诸侯之志，一国之志，与献诗陈己志不同。在这种外交酬酢里言一国之志，自然颂多而讽少，与献诗相反。外交的赋诗也有出乎酬酢的讽颂即表示态度之外的。雷海宗先生曾在《古代中国的外交》一文中指出：

> 赋诗有时也可发生重大的具体作用。例如文公十三年郑伯背晋降楚后，又欲归服于晋，适逢鲁文公由晋回鲁，郑伯在半路与鲁侯相会，请他代为向晋说情，两方的应答全以赋诗为媒介。郑大夫子家赋《小雅·鸿雁》篇，义取侯伯哀恤鳏寡，有远行之劳，暗示郑国孤弱，需要鲁国哀恤，代为远行，往晋国去关说。鲁季文子答赋《小雅·四月》篇，义取行役逾时，思归祭祀；这当然是表示拒绝，不愿为郑国的事再往晋一行。郑子家又赋《载驰》篇之第四章，义取小国有急，相求大国救助。鲁季文子又答赋《小雅·采薇》篇之第四章，取其“岂敢定居，一月三捷”之句，鲁国过意不去，只得答应为郑奔走，不敢安居。

郑人赋诗，求而兼颂；鲁人赋诗，谢而后许。虽也还是“言志”，可是在办交涉，不止于酬酢了。称为“重大的具体作用”，是不错的，但赋诗究竟是酬酢的多。

不过就是酬酢的赋诗，一面言一国之志，一面也还流露着赋诗人之志，他自己的为人。垂陇之会，范文子论伯有、子展、印氏等的先亡后亡，便是从这方面着眼，听言知行而加推断的。《汉书》三十《艺文志》说：“古者诸侯卿大夫交接邻国，以微言相感，当揖让之时，须称诗以谕其志。盖以别贤不肖而观盛衰焉。”这也是“观志”，《荀子》里称为“观人”。春秋以来很注重观人，而“观人以言”（《非相》篇）更多见于记载。“言”自然不限于赋诗，但“诗以言志”，“志以定言”，以赋诗“观人”也是顺理成章的。如此论诗，“言志”便引申了表德一义，不止于献诗陈志那样简单了。再说春秋时的赋诗虽然有时也有献诗之义，如上文所论，但外交的赋诗却都非自作，只是借诗言志。借诗言志并且也不限于外交，《国语·鲁语》下有一段记载：

> 公父文伯之母欲室文伯，飨其宗老，而为赋《绿衣》之三章。老请守龟卜室之族。师亥闻之曰：“善哉！男女之飨，不及宗臣；宗室之谋，不过宗人。谋而不犯，微而昭矣。诗所以合意，歌所以咏诗也。今诗以合室，歌以咏之，度于法矣！”

《绿衣》之三章云：“我思古人，实获我心。”韦昭解这回赋诗之志是“古之贤人正室家之道，我心所善也”。可见这种赋诗也用在私室的典礼上。韦昭解次“合”字为“成”；以现成的诗合自己的意，而以成礼，是这种赋诗的确释。清劳孝舆《春秋诗话》卷一云：

> 风诗之变，多春秋间人所作。……然作者不名，述者不作，何欤？盖当时只有诗，无诗人。古人所作，今人可援为己诗，彼人之诗，此人可赓为自作，期于“言志”而止。人无定诗，诗无定指，以故可名不名，不作而作也。

论当时作诗和赋诗的情形，都很确切。

这种赋诗的情形关系很大。献诗的诗都有定指，全篇意义明白。赋诗却往往断章取义，随心所欲，即景生情，没有定准。譬如《野有蔓草》，原是男女私情之作，子太叔却堂皇地赋了出来；他只取其中“邂逅相遇，适我愿兮”两句，表示欢迎赵孟的意思。上文“野有蔓草，零露溥兮。有美一人，清扬婉兮。”以及下章，恐怕都是不相干的。断章取义只是借用诗句作自己的话。所取的只是句子的文义，就是字面的意思；而不管全诗用意，就是上下文的意思。——有时却也取喻义，如《左传》昭公元年，郑伯享赵孟，鲁穆叔赋《鹊巢》，便是以“鹊巢鸠居”“喻晋君有国，赵孟治之”（杜预注）。但所取喻义以易晓为主；偶然深曲些，便须由赋诗人加以说明。那时代只要诗熟，听人家赋，总知道所要言的志；若取喻义，就不能如此共晓了。听了赋诗而不知赋诗人的志的，大概是诗不熟，唱着听不清楚。所以卫献公教师曹歌《巧言》篇的末章给孙蒯听，讽刺孙文子“无拳无勇，职为乱阶”。师曹存心捣乱，还怕唱着孙蒯不懂，便朗诵了一回——“以声节之曰‘诵’”，“诵”是有节奏的。孙蒯告诉孙文子，果然出了乱子。还有，不明了事势也不能知道赋诗人的志。齐庆封聘鲁，与叔孙穆子吃饭，不敬。叔孙赋《相鼠》，讽刺他“人而无仪，不死何为”！他竟不知道。后来因乱奔鲁，叔孙穆子又请他吃饭，他吃品还是不佳，叔孙不客气，索性教乐工朗诵《茅鸱》给他听；这是逸诗，也是刺不敬的。但是庆封还是不知道。他实在太糊涂了！赋诗大都是自己歌唱。有时也教乐工歌唱；《左传》有以赋诗为“肄业”（习歌）的话，有“工歌”“使大师歌”的话，又刚才举的两例中也由乐工诵诗。赋诗和献诗都合乐；到春秋时止，诗乐还没有分家。

三　教诗明志

论“诗言志”的不会忘记《诗大序》，《大序》云：

> 诗者，志之所之也。在心为志，发言为诗。情动于中而形于言；言之不足，故嗟叹之；嗟叹之不足，故永歌之；永歌之不足，不知手之舞之，足之蹈之也。情发于声，声成文谓之音。……故正得失，动天地，感鬼神，莫近于诗。先王以是经夫妇，成孝敬，厚人伦，美教化，移风俗。

前半段明明从《尧典》的话脱胎。《大序》托名子夏，而与《毛传》一鼻孔出气，当作于秦、汉之间。文中说“在心为志，发言为诗”，却又说“情动于中而形于言”，又说“吟咏情性，以风其上”。《正义》云：“情谓哀乐之情”，“志”与“情”原可以是同义词；感于哀乐，“以风其上”，就是“言志”。“在心”两句从“诗言志”、“志以发言”、“志以定言”等语变出，还是“诗言志”之意；但特别看重“言”，将“诗”与“志”分开对立，口气便不同了。此其一。既说“情动于中而形于言”，又说“情发于声”，可见诗与乐分了家。此其二。“正得失”是献诗陈志之义，“动天地，感鬼神”，似乎就是《尧典》的“神人以和”。但说先王以诗“美教化，移风俗”，却与献诗陈志不同；那是由下而上，这是由上而下。也与赋诗言志不同，赋诗是“为宾荣”，见己德——赋诗人都是在上位的人。此其三。献诗和赋诗都着重在听歌的人，这里却多从作诗方面看。此其四。总而言之，这时代诗只重义而不重声，才有如上的情形。还有，陆贾《新语·慎微》篇也说道：

故隐之则为道，布之则为文（衍文？）诗；在心为志，出口为辞。

“出口为辞”更见出重义来。而以诗为“道”之显，即以“布道”为“言志”，虽然也是重义的倾向，却能阐明“诗言志”一语的本旨。

诗与乐分家是有一段历史的。孔子时雅乐就已败坏，诗与乐便在那时分了家。所以他说：“恶郑声之乱雅乐也。”（《论语·阳货》）又说：“兴于《诗》，立于礼，成于乐。”（《泰伯》）诗与礼乐在他虽还联系着，但已呈露鼎足三分的形势了。当时献诗和赋诗都已不行。除宴享祭祀还用诗为仪式歌，像《仪礼》所记外，一般只将诗用在言语上；孔门更将它用在修身和致知——教化——上。言语引诗，春秋时就有，见于《左传》的甚多。用在修身上，也始于春秋时。《国语·楚语》上记庄王使士亹傅太子箴，士亹问于申叔时，叔时道：

……教之诗而为之导广显德，以耀明其志。

韦昭解云：“导，开也。显德谓若成汤、文、武、周公之属，诸诗所美者也。”“耀明其志”指受教人之志，就是读诗人之志；“诗以言志”，读诗自然可以“明志”。又上引范文子论赋诗，从诗语见伯有等为人，就已包含诗可表德的意思，到了孔子，话却说得更广泛了。他说：

> 小子何莫学夫诗！诗可以兴，可以观，可以群，可以怨，迩之事父，远之事君，多识于鸟兽草木之名。
>
> （《阳货》）

“多识于鸟兽草木之名”，是将诗用在致知上；“诗”字原有“记忆”、“记录”之义，所以可用在致知上。但这与“言志”无关，可以不论。兴观群怨，事父事君，说得作用如此广大，如此详明，正见诗义之重。但孔子论诗，还是断章取义的，与子贡论“如切如磋，如琢如磨”（《学而》），与子夏论“巧笑倩兮，美目盼兮，素以为绚兮”（《八佾》）可见；不过所取是喻义罢了。又，孔子惟其重诗义，所以才说：

> 诗三百，一言以蔽之，曰“思无邪”。
>
> （《为政》）

后来《礼记·经解》篇的“温柔敦厚，诗教也”，《诗纬·含神雾》的“诗者持也”，《汉书》卷二十二《礼乐志》的“省其诗而志正”，卷三十《艺文志》的“诗以正言，义之用也”，似乎都是从孔子的话演变出来的。《诗大序》所说“经夫妇，成孝敬，厚人伦，美教化，移风俗”，也是从兴观群怨，“事父事君”等语演变出来的。儒家重德化，儒教盛行以后，这种教化作用极为世人所推尊，“温柔敦厚”便成了诗文评的主要标准。

孟子时古乐亡而新声作，诗更重义了。他说：

> 故说诗者不以文害辞，不以辞害志。以意逆志，是为得之。
>
> （《万章》上）

又说：

> 颂（诵）其诗，读其书，不知其人，可乎？是以论其世也。是尚（上）友也。
>
> （《万章》下）

“以意逆志”是以己意己志推作诗之志；而所谓“志”都是献诗陈志的“志”，是全篇的意义，不是断章的意义。“不以文害辞，不以辞害志”是反对断章的话。孟子虽然还不免用断章的方法去说诗，但所重却在全篇的说解，却在就诗说诗，看他论《北山》、《小弁》、《凯风》诸篇可见（《告子》下）。他用的便是“以意逆志”的方法。至于“知人论世”，并不是说诗的方法，而是修身的方法，“颂诗”、“读书”与“知人论世”原来三件事平列，都是成人的道理，也就是“尚友”的道理。后世误将“知人论世”与“颂诗读书”牵合，将“以意逆志”看作“以诗合意”，于是乎穿凿附会，以诗证史。《诗序》就是如此写成的。但春秋赋诗只就当前环境而“以诗合意”。《诗序》却将“以诗合意”的结果就当作“知人论世”，以为作诗的“人”、“世”果然如此，作诗的“志”果然如此；将理想当作事实，将主观当作客观，自然教人难信。

先秦及汉代多有论“六经”大义的。《庄子·天下》篇云：

> 其在于《诗》、《书》、《礼》、《乐》者，邹、鲁之士搢绅先生多能明之。《诗》以道志，《书》以道事，《礼》以道行，《乐》以道和，《易》以道阴阳，《春秋》以道名分。

这也许是论“六经”大义之最早者。“道志”就是“言志”——《释文》说，道音导，虽本于《周礼·大司乐》，却未免迂曲。又《荀子·儒效》篇云：

> 圣人也者，道之管也，天下之道管是矣，百王之道一是矣。

故《诗》、《书》、《礼》、《乐》之(道)归是矣。《诗》言是,其志也。《书》言是,其事也。《礼》言是,其行也。《春秋》言是,其微也。

这与《天下》篇差不多;但说《诗》只言圣人之志,便成了《诗序》的渊源了。又董仲舒《春秋繁露·玉杯》篇云:“诗道志,故长于质。礼制节,故长于文。……”近人苏舆《义证》曰:“诗言志,志不可伪,故曰质。”质就是自然。又《汉书·司马迁传》引董仲舒云:“诗以达意。”“达意”与“言志”同。又《法言·寡见》篇云:“说志者莫辨乎诗。”“说志”也与“言志”同。这些也都重在诗义上。

诗既重义,献诗原以陈志,有全篇本义可说。赋诗断章,在当时情境中固然有义可说;离开当时隋境而就诗论诗,有些本是献诗,也还有义;有些不是献诗,虽然另有其义,却不可说或不值得说,像《野有蔓草》一类男女私情之作便是的。这些既非讽与颂,也无教化作用,便不是“言志”的诗。在赋诗流行的时候,因合乐而存在;诗乐分家,赋诗不行之后,这些诗便失去存在的理由,但事实上还存在着。为了给这些诗找一个存在的理由,于是乎有“陈诗观风”说。《礼记·王制》篇云:

岁二月,(天子)东巡守,至于岱宗……觐诸侯。……命大师陈诗以观民风。

郑玄注:“陈诗,谓采其诗而视之。”孔颖达《正义》云:“乃命其方诸侯大师,是掌乐之官,各陈其国风之诗,以观其政令之善恶。”孔说似乎较合原义些。

自然,若要进一步考查那些诗的来历,“采诗”说便用得着了。《汉书·艺文志》云:

《书》曰:“诗言志,歌咏言。”故哀乐之心感,而歌咏之

> 声发。诵其言谓之诗，咏其声谓之歌。故古有采诗之官，王者所以观风俗，知得失，自考正也。

采诗有官，这个官就是“行人”。《汉书》二十四上《食货志》云：

> 冬，民既入……男女有不得其所者，因相与歌咏，各言其伤。……孟春之月，群居者将散，行人振木铎徇于路以采诗，献之大师；比其音律，以闻于天子。

这样，采诗的制度便很完备了。只看“比其音律”一语，便知是专为乐诗立说；像《左传》里“城者讴”、“舆人诵”那些徒歌，是不在采录、陈献之列的。这是什么原故呢？原来汉代有采歌谣的制度，《艺文志》云：

> 自孝武立乐府而采歌谣，于是有代、赵之讴，秦、楚之风，皆感于哀乐，缘事而发，亦可以观风俗，知薄厚云。

徐中舒先生指出采诗说，便是受了这件事的暗示而创立的；那么，就无怪乎顾不到《左传》里那些讴、诵等等了。《王制》篇出于汉儒之手，是理想，非信史，“陈诗”说也靠不住。“陈诗”、“采诗”虽为乐诗立说，但指出“观风”，便已是重义的表现。而要“观风俗，知得失”，就什么也得保存着，男女私情之作等等当然也在内了。这类诗于是乎有了存在的理由。

《诗大序》说“国史明乎得失之迹，伤人伦之废，哀刑政之苛，吟咏情性以风其上”。《汉书》所谓“哀乐之心感而歌咏之声发”，“感于哀乐，缘事而发”，以及“各言其伤”，其实也是“吟咏情性”，不过“吟咏”的人不一定是“国史”，也不必全是“伤人伦之废，哀刑政之苛”罢了。“吟咏情性”原已着重作诗人，西汉时《韩诗》里有“饥者歌食，劳者歌事”的话，更显明地着重作诗人，并显明地指出诗的“缘情”作用。

但《韩诗·伐木》篇说云：

> 《伐木》废，朋友之道缺。劳者歌其事，诗人伐木，自苦其事。

说到“朋友之道”，可见所重还在讽，还在“以风其上”。班氏的话，与“歌食”“歌事”义略同，但归到“以观风俗”，所重也还在“以风其上”。两家论到诗的“缘情”作用，都只是说明而不是评价。《伐木》篇若不关涉到朋友之道的完缺，“歌事”便无价值可言。诗歌若不采而陈之，“哀乐之心”、“歌咏之声”又有何用？可见这类“缘情”的诗的真正价值并不在“缘情”，而在表现民俗，“以风其上”。不过献诗时代虽是作诗陈一己的志，却非关一己的事。赋诗时代更只以借诗言一国之志为主；偶然有人作诗——那时一律称为“赋”诗，——也都是讽颂政教，与献诗同旨。总之，诗乐不分家的时代只着重听歌的人；只有诗，无诗人，也无“诗缘情”的意念。诗乐分家以后，教诗明志，诗以读为主，以义为用；论诗的才渐渐意识到作诗人的存在。他们虽还不承认“诗缘情”的本身价值，却已发现了诗的这种作用，并且以为“王者”可由这种“缘情”的诗“观风俗，知得失，自考正”。那么“缘情”作诗竟与“陈志”献诗殊途同归了。但《诗大序》既说了“在心为志，发言为诗”，又说“情动于中而形于言”，又说“吟咏情性”；后二语虽可以算是“言志”的同义语，意味究竟不同。《大序》的作者似乎看出“言志”一语总关政教，不适用于原是“缘情”的诗，所以转换一个说法来解释。到了《韩诗》及《汉书》时代，看得这情形更明白，便只说“歌食”、“歌事”，只说“哀乐之心”，“各言其伤”，索性不提“言志”了。可见“言志”跟“缘情”到底两样，是不能混为一谈的。

四 作诗言志

战国以来，个人自作而称为诗的，最早是《荀子·赋》篇中的《佹诗》，首云：

天下不治，请陈佹诗。

杨倞注："请陈佹异激切之诗，言天下不治之意也。"诗以四言为主，虽不合乐，还是献诗讽谏的体裁。其次是秦始皇教博士作的《仙真人诗》，已佚。他游行天下的时候，"传令乐人歌弦之"，大约是献诗颂美一类。西汉如韦孟作的《讽谏诗》，韦玄成作的《自劾诗》等，也都是四言，或以讽人，或以自讽，不合乐，可还是献诗的支流余裔。不过当时这种诗并不多。诗不合乐，人们便只能读，只能揣摩文辞，作诗人的名字倒有了出现的机会，作诗人的地位因此也渐渐显著。但真正开始歌咏自己的还得推"骚人"，便是辞赋家。辞赋家原称所作为"诗"，而且是"言志"的"诗"。《楚辞·悲回风》篇道：

介眇志之所惑兮，窃赋诗之所明。

又庄忌《哀时命》篇道：

志憾恨而不逞兮，抒中情而属诗。

说得都很明白。既然是"诗"，自然就有"言志"作用。

《韩诗外传》卷七记着：

孔子游于景山之上，子路、子贡、颜渊从。

孔子曰："君子登高必赋。小子愿者何？言其愿，丘将启汝。"

子路曰："由愿奋长戟，荡三军，乳虎在后，仇敌在前，蠡跃蛟奋，进救两国之患。"孔子曰："勇士哉！"

> 子贡曰："两国构难，壮士列阵，尘埃涨天。赐不持一尺之兵，一斗之粮，解两国之难；用赐者存，不用赐者亡。"孔子曰："辩士哉！"
>
> 颜回不愿。孔子曰："回何不愿？"颜渊曰："二子已愿，故不敢愿。"孔子曰："不同，意各有事焉。回其愿，丘将启汝。"颜渊曰："愿得小国而相之，主以道制，臣以德化；君臣同心，外内相应。列国诸侯莫不从义响风。壮者趋而进，老者扶而至。教行乎百姓，德施乎四蛮；莫不释兵，辐辏乎四门。天下咸获永宁。蝖飞蠕动，各乐其性；进贤使能，各任其事。于是君绥于上，臣和于下；垂拱无为，动作中道，从容得礼。言仁义者赏，言战斗者死。则由何进而救，赐何难之解！"孔子曰："圣士哉！大人出，小子匿，圣者起，贤者伏。回与执政，则由、赐焉施其能哉！"

这个故事又见于同书卷九《说苑·指武》篇及伪《家语·致思》篇，但"君子登高必赋"一语都作"二三子各言尔志"。三人所陈皆关政教，确合"言志"本旨。这故事未必真，却可见"赋者古诗之流"（班固《两都赋序》中语），也跟诗一样可以"言志"。所以《汉书·艺文志》道：

> 春秋之后，周道浸坏。聘问歌咏不行于列国，学诗之士逸在布衣，而贤人失志之赋作矣。大儒孙卿及楚臣屈原，离谗忧国，皆作赋以风，咸有恻隐古诗之义。

"贤人失志"而作赋，用意仍在乎"风"，这是确有依据的。不过荀、屈两家并不相同。荀子的《成相辞》和《赋》篇还只是讽；屈原的《离骚》《九章》，以及传为他所作的《卜居》《渔父》，虽也歌咏一己之志，却以一己的穷通出处为主，因而"抒中情"的地方占了重要的地位——宋玉的《九辩》更其如此。这是一个大转变，"诗言志"的意义不得不再加引申了；《诗大序》所以必须换言“吟咏情性”，大概就是因为看到了这种情形。

汉兴以来有所谓“辞人之赋”，“竞为侈丽闳衍之词，没其讽谕之义”；虽也托为“言志”，其实是“劝百而讽一”。这些似乎是《荀子·赋》篇中《云》、《蚕》、《箴》（针）等篇的扩展，加上屈、宋的辞。沈约《宋书·谢灵运传论》说“自汉至魏”“文体三变”，第一提到的便是“相如工为形似之言”。“形似之言”扼要地说明了“辞人之赋”。“形似”不是“缘情”而是“体物”，现在叫做“描写”，却能帮助发挥“缘情”作用。东汉的赋才真走上“屈原赋”的路；沈约说“二班长于情理之说”，正指此。“情理”就是“情性”，也就是“志”；这是将“诗言志”跟“吟咏情性”调和了的语言。那时有冯衍的《显志赋》，他的“自论”云：

> 顾尝好俶傥之策，时莫能听用其谋。喟然长叹，自伤不遇。久栖迟于小官，不得舒其所怀。抑心折节，意悽情悲。……乃作赋自厉，命其篇曰“显志”。“显志”者，言光明风化之情，昭章玄妙之思也。

所谓“显志”，还是自讽“自厉”，但赋的只是一己的穷通。《文选》所录“志赋”，班固《幽通》的“致命遂志”，张衡《思玄》的“宣寄情志”，其实都是如此；张衡的《归田赋》也只言一己的出处，文同一例。此外可称为“志赋”的还多，明题“志”字的也不少，梁元帝一篇简直题为“言志”，都是这一类。《檀弓》篇所记“言志”一语，本指穷通而说，如前所论。但“诗”言一己穷通，却从“骚人”才开始。从此“诗言志”一语便也兼指一己的穷通出处。士大夫的穷通出处都关政教，跟“饥者歌食，劳者歌事”原不相同，称为“言志”，也自有理。沈约还说“子建（曹植）、仲宣（王粲）以气质为体”，那却是“缘情”的赋，不能称为“言志”了。

东汉时五言诗也渐兴盛。班固《咏史》述缇萦事，结云："百男何愦愦，不如一缇萦"，还是感讽之作。到了汉末，有郦炎作诗二篇，其一云：

> 大道夷且长，窘路狭且促。修翼无卑栖，远趾不步局。舒吾凌霄羽，奋此千里足。超迈绝尘驱，倏忽谁能逐！贤愚岂尝类，禀性在清浊。富贵有人籍，贫贱无天录。通塞苟由己，志士不相卜。陈平敖里社，韩信钓河曲。终居天下宰，食此万钟禄。德音流千载，功名重山岳。

这篇和另一篇，后世题为"见志诗"。诗中道"通塞苟由己，志士不相卜"，"通塞"就是穷通。又《后汉书·仲长统传》也记他"作诗二篇，以见其志"，却是四言。郦炎的"见志"是"吟咏情性"，自述怀抱，而归于政教。仲长统的"见志"也是自述怀抱，但歌咏的是人生"大道"，人生义理；人生义理不离出世、人世两观——仲长统歌咏的是出世观，——可以表见德性，并且也还是一种出处，也还反映着政教。后来清代纪昀论"诗言志"，说志是"人品学问之所见"，又说诗"以人品心术为根柢"，正指的这种表见德性而言。当时只有秦嘉《留郡赠妇诗》五言三篇，自述伉俪情好，与政教无甚关涉处。这该是"缘情"的五言诗之始。五言诗出于乐府诗，这几篇——连那两篇四言——也都受了乐府诗的影响。乐府诗"言志"的少，"缘情"的多。辞赋跟乐府诗促进了"缘情"的诗的进展。《诗经》却是经学的一部门，论诗的总爱溯源于《三百篇》，其实往往只是空泛的好古的理论。这时候五言诗大盛。所谓"一字千金"的《古诗十九首》，经多人考定，便作于建安（献帝）前一个时期。魏文帝《与吴质书》云："公干（刘桢）有逸气，但未遒耳。其五言诗之善者妙绝时人。"可见建安时五言诗的体制已经普遍，作者也多了；这时代才真有了诗人。但《十九首》还是出于乐府诗，建安诗人也是如此。到了正始（魏齐王芳）时代，阮籍才摆脱了乐府诗的格调，用五言诗来歌咏自己。他“作《咏怀诗》八十余篇，为世所重”。颜延之云：

> 嗣宗身仕乱朝，常恐罹谤遇祸。因兹发咏，故每有忧生之嗟。虽志在刺讥，而文多隐避，百代之下，难以情测。

“志在刺讥”是“讽”的传统，但“常恐罹谤遇祸”，“每有忧生之嗟”，就都是一己的穷通出处了——虽然也是与政教息息相关的。诗题“咏怀”，其实换成“言志”也未尝不可。

“诗言志”一语虽经引申到士大夫的穷通出处，还不能包括所有的诗。《诗大序》变言“吟咏情性”，却又附带“国史……伤人伦之废，哀刑政之苛”的条件，不便断章取义用来指“缘情”之作。《韩诗》列举“歌食”、“歌事”，班固浑称“哀乐之心”，又特称“各言其伤”，都以别于“言志”，但这些语句还是不能用来独标新目。可是“缘情”的五言诗发达了，“言志”以外迫切地需要一个新标目。于是陆机《文赋》第一次铸成“诗缘情而绮靡”这个新语。“缘情”这词组将“吟咏情性”一语简单化、普遍化，并檃栝了《韩诗》和《班志》的话，扼要地指明了当时五言诗的趋向。他还说“赋体物而浏亮”，同样扼要地指出了“辞人之赋”的特征——也就是沈约所谓“形似之言”。从陆氏起，“体物”和“缘情”渐渐在诗里通力合作，他有意地用“体物”来帮助“缘情”的“绮靡”。那时据说还有“赋诗观志”的局面。干宝《晋纪》说“泰始（武帝）四年上幸芳林园，与群臣赋诗观志”；孙盛《晋阳秋》说“散骑常侍应贞诗最美”。应贞的诗见《文选》卷二十“公燕诗”，是四言，题为“晋武帝华林园集”，是颂美的献诗。但一般的五言诗却走向“缘情”的路。《文选》二十三有潘岳《悼亡诗》三首，第二首中道：“上惭东门吴，下愧蒙庄子。赋诗欲言志，此志难具纪。命也可奈何！长戚自令鄙。”合看这六语，所谓“赋诗言志”，显然指的人生义理。可是就三首诗全体而论，却都是“缘情”之作。东晋有“玄言诗”，抄袭《老》《庄》文句，专一歌咏人生义理；诗钻人一种狭隘的“言志”的觭角里，终于衰灭无存。于是再走上那“缘情”的路。这时代诗人也还有明言自述己志的，可是只指穷通出处，或竟是歌咏人生的“缘情”之作。陶渊明《五柳先生传》说“常著文章自娱，颇示己志”。他志在田园，而又从田园中体验人生；所谓“示志”，兼包这两义而言。谢灵运在《山居赋》里也说“援纸握管……诗以言志”；他从山水的赏悟中歌咏自己的穷通出处——诗却以“体物”著。还有江淹《杂体诗》中拟嵇康的一首（《文选》三十一），题为“言志”，却以歌咏人生义理为主。

六朝人论诗，少直用“言志”这词组的。他们一面要表明诗的“缘情”作用，一面又不敢无视“诗言志”的传统；他们没有胆量全然撂开“志”的概念，径自采用陆机的“缘情”说，只得将“诗言志”这句话改头换面，来影射“诗缘情”那句话。范晔所谓“见志”便是如此，已见上引。又，沈约《宋书·谢灵运传论》云：“民禀天地之灵，含五常之德，刚柔迭用，喜愠分情。夫志动于中，则歌咏外发。……”文中虽提到“六义”、“四始”，可并不阐发“风化”、“风刺”的理论。“志动于中”就是《诗大序》的“情动于中”；“刚柔”是性，“喜愠”明说是情，一般的性情便是他所谓“志”。这也就是《诗大序》说的“吟咏情性”，只是居然断章取义地去了那些附带的条件。《文心雕龙·明诗》篇云：“人禀七情，应物斯感；感物吟志，莫非自然。”这个“志”明指“七情”；“感物吟志”既“莫非自然”，“缘情”作用也就包在其中。《诗品序》云：“气之动物，物之感人，故摇荡性情，形诸舞咏。”以下列举物候人情，又云：“凡斯种种，感荡心灵。非陈诗何以展其义，非长歌何以骋其情！故曰，诗‘可以群，可以怨’。使穷贱易安，幽居靡闷，莫尚于诗矣。”这里只说“性情”、“心灵”，不提“志”字；但“陈诗展义”和“长歌骋情”，“穷贱易安”和“幽居靡闷”，都是“言志”、“缘情”之别，又引孔子的话，更明是尊重传统的表现。不过孔子是论读诗，钟嵘引用“可以群，可以怨”，却移来论作诗——“可以兴，可以观”意义分明，不能移用，所以略去。建安以来既有了诗人，论诗的自然就注重作诗了。

梁代裴子野作《雕虫论》，抨击当时作诗的人。他说：

> 古者“四始”“六义”，总而为诗。既形四方之气，且彰君子之志；劝美惩恶，王化本焉。……宋初迄于元嘉（文帝），多为经史。大明（孝武帝）之代，实好斯文。……自是闾阎年少，贵游总角，罔不摈落六艺，吟咏情性。学者以“博依”为急务，谓章句为专鲁，淫文破典，斐尔为功。无被于管弦，非止乎礼义。深心主卉木，远志极风云。其兴浮，其志弱，巧而不要，隐而不深。
>
> （《文苑英华》七四二）

他在主张恢复经学，也在主张恢复“诗言志”的传统；诗至少要吟咏穷通出处，不当在“卉木”、“风云”里兜圈子。他抨击的是“缘情”、“体物”的诗。他引用“吟咏情性”一语，实指“缘情”而言。这揭穿了一般调和论者的把戏。但他虽能看出“言志”跟“吟咏情性”不同，在“远志”和“其志弱”二语里却还将所谓“志”与“情”混为一谈。这可见词语的一般用例影响之大。《雕虫论》并没有能够挽回“缘情”的五言诗的趋势，更没有能够恢复“志”字的传统用例。反之，那“情”、“志”含混或调和的语例，倒渐渐标准化起来。唐代孔颖达《毛诗正义》解释《诗大序》里“诗者，志之所之也。在心为志，发言为诗”几句道：

> 此又解作诗所由。诗者，人志意之所之适也。虽有所适，犹未发口，蕴藏在心，谓之为“志”。发见于言，乃名为“诗”。言作诗者，所以舒心志愤懑，而卒成于歌咏。故《虞书》谓之“诗言志”也。包管万虑，其名曰“心”；感物而动，乃呼为“志”。志之所适，万物感焉。言悦豫之志，则和乐兴而颂声作，忧愁之志，则哀伤起而怨刺生。《艺文志》云：“哀乐之情感，歌咏之声发”，此之谓也。

这里“所以舒心志愤懑”，“感物而动，乃呼为‘志’”，“言悦豫之志”“忧愁之志”，都是“言志”、“缘情”两可的含混的话。孔氏诗学，上承六朝，六朝诗论免不了影响经学，也不免间接给他影响。这正是时代使然。“志”、“情”含混的语例既得经学的接受，用来解释《诗大序》里那几句话，这个语例便标准化了，更有权威了。

不过直用“言志”这词组，就不能如此含混过去。这词组虽然渐渐少用在讽与颂的本义上，但总还贴在穷通出处上说，不离政教。唐代李白有《春日醉起言志》诗云：

处世若大梦，胡为劳其生？所以终日醉，颓然卧前楹。觉来盼庭前，一鸟花间鸣。借问此何时？春风语流莺。感之欲叹息，对酒还自倾。浩歌待明月，曲尽已忘情。

（《李太白集》二十四）

这里歌咏人生义理，是一种隐逸的出世观，也是一种出处的怀抱，所以题为“言志”。又白居易的《初除户曹喜而言志》诗云：

诏受户曹掾，捧认感君恩。感恩非为己，禄养及吾亲。弟兄俱簪笏，新妇俨衣巾；罗列高堂下，拜庆正纷纷。俸钱四五万，月可奉晨昏；廪禄二百石，岁可盈仓囷。喧喧车马来，贺客满我门。不以我为贪，知我家内贫。置酒延宾客，客容亦欢欣；笑云“今日后，不复忧空樽”。答云“如君言，愿君少逡巡。我有平生志，醉后为君陈：人生百岁期，七十有几人？浮荣及虚位，皆是身之宾。唯有衣与食，此事粗关身。苟免饥寒外，馀物尽浮云。”

（白氏《长庆集》五）

这也是穷通出处的怀抱，所谓“平生志”，是一种人世观。白氏在《与元九书》中将自己的诗分为“讽谕诗”、“闲适诗”等四类，这一篇便在“闲适诗”里。他说：

仆志在兼济，行在独善。奉而始终之则为道，言而发明之则为诗。谓之“讽谕诗”，“兼济”之志也。谓之“闲适诗”，“独善”之义也。故览仆诗者，知仆之道焉。

“兼济”的“讽谕诗”不用说整个儿是“言志”的，“独善”的“闲适诗”明明也有一部分是“言志”的。这是“言志”的讽颂本义跟穷通出处引申义分别应用的显例；以“兼济”与“独善”二语阐明这两个意义，最是简当明确。他说“奉而始终之则为道，言而发明之则为诗”，略同前引陆贾《新语》，却是六朝“因文明道”说的影响。照这样说，“诗言志”简直就是“诗以明道”了——这个“道”却只指政教。这也能阐明“诗言志”一语的本旨。还有南宋王应麟《困学纪闻》十八云：

诗言志。“秀干终成栋，精钢不作钩”（《端州郡斋壁诗》），包孝肃之志也。“人心正畏暑，水面独摇风”（《荷花诗》），丰清敏之志也。

三个譬喻象征着包拯和丰稷的为人；这是表见德性的诗，也是“言志”的诗，而德性是“道”的一目。

“诗言志”的传统经两次引申、扩展以后，始终屹立着。“诗缘情”那新传统虽也在发展，却老只掩在旧传统的影子里，不能出头露面。直到清代，纪昀论诗，还以“发乎情而不必止乎礼义”一派归罪于陆机这一句话，说“其究乃至于绘画横陈”，可以为证。这中间就是文坛革命家也往往不敢背弃这个传统，因为它太古老了。如明代公安派虽说诗“以发抒性灵为主”，竞陵派就不同一些。钟惺《喜邹愚谷至白门，以中秋夜诸名士共集俞园赋诗序》篇末云：

> 屐簪杂遝，高人自领孤情；丝竹喧阗，静者能通妙理。各称诗以言志，用体物而书时。

“称诗言志”，并以“体物书时”。“体物”“书时”虽是“缘情”一面，“高情”、“妙理”却是人生义理；诗兼“言志”、“缘情”两用，而所谓“言志”还是皈依旧传统的。又谭友夏《王先生诗序》云：

> 予又与之述故闻曰，诗以道性情也。……夫性情，近道之物也。近道者，古人所以寄其微婉之思也。

这里虽只说“道性情”，不提“言志”，但所谓“近道之物”、“微婉之思”，其实还是“言志”论。清代袁枚也算得一个文坛革命家，论诗也以性灵为主；到了他才将“诗言志”的意义又扩展了一步，差不离和陆机的“诗缘情”并为一谈。他在《与邵厚庵太守论杜茶村文书》中说道：

> 诗言志。劳人思妇都可以言，《三百篇》不尽学者作也。
>
> （《小仓山房文集》十九）

劳人思妇都是在“言志”，这是前人不曾说过的。可是在《随园诗话》一文里他又道：

> 《三百篇》半是劳人思妇率意言情之事。

那么，他所谓“言志”、“言情”只是一个意义了。这是将“诗言志”的意义第三次引申，包括了“歌食”、“歌事”和“哀乐之心”、“各言其伤”那些话。

袁氏以为“诗言志”可以有许多意义，在《再答李少鹤书》列举他以为的：

来札所讲“诗言志”三字，历举李、杜、放翁之志，是矣，然亦不可太拘。诗人有终身之志，有一日之志，有诗外之志，有事外之志，有偶然兴到，流连光景，即事成诗之志；“志”字不可看杀也。谢傅游山，韩熙载之纵伎，此岂其本志哉？

（《小仓山房尺牍》十）

这里“志”字含混着“情”字。列举的各项，界划不尽分明。“终身之志”似乎是出处穷通，“事外之志”似乎是出世的人生观；这些是与旧传统相合的。别的就不然。作例的“谢傅游山”也合于“诗言志”的旧义，上文已论。“韩熙载之纵伎”也许是所谓“诗外之志”，就是古诗所谓“行乐须及时”；但“发乎情”而不“止乎礼义”，只是“缘情”或“言情”，不是传统的“言志”。不过袁氏所谓“言情”却又与“缘情”不同。他在《答蕺园论诗书》里说愿效白傅（白居易）、樊川（杜牧），不愿删自己的“缘情诗”，并有“情所最先，莫如男女”的话（《小仓山房文集》三十）。那么，他所谓“缘情诗”，只是男女私情之作，这显然曲解了陆机原语。然而按他所举那“纵伎”的例，似乎就是这种狭义的“缘情诗”也可算作“言志”。这样的“言志”的诗倒跟我们现代译语的“抒情诗”同义了。“诗缘情”那传统直到这时代才算真正抬起了头。到了现在，更有人以“言志”和“载道”两派论中国文学史的发展，说这两种潮流是互为起伏的。所谓“言志”是“人人都得自由讲自己愿意讲的话”；所谓“载道”是“以文学为工具，再借这工具将另外的更重要的东西——道——表现出来”。这又将“言志”的意义扩展了一步，不限于诗而包罗了整个儿中国文学。这种局面不能不说是袁枚的影响，加上外来的“抒情”意念——“抒情”这词组是我们固有的，但现在的涵义却是外来的——而造成。现时“言志”的这个新义似乎已到了约定俗成的地位。词语意义的引申和变迁本有自然之势，不足惊异；但我们得知道，直到这个新义的扩展，“‘文以载道’，‘诗以言志’，其原实一”。

与“诗言志”这一语差不多同时或较早，还有“言以足志”一语。《左传》襄公二十五年引孔子赞子产道：

> 志（古书）有之：“言以足志，文以足言。”不言，谁知其志？言之无文，行而不远。晋为伯，郑入陈，非文辞不为功，慎辞也。

杜注：“足，犹成也。”照《左传》的记载及孔子的解释，“言”是“直言”，“文”是“文辞”。言以成意，还只是说明；文以行远，便是评价了。这与“诗言志”原来完全是两回事，后世却有混而为一的。唐中叶古文运动先驱诸人，往往如此。如独孤及《赵郡李公中集序》云：

> 志非言不形，言非文不彰。是三者相为用，亦犹涉川者假舟楫而后济。自“典谟”缺，“雅颂”寝，王道陵夷，文教下衰。故作者往往先文字，后比兴。其风流荡而不返，乃至有饰其词而遗其意者，则润色愈工，其实愈丧。……天下雷同，风驰云趋，文不足言，言不足志。亦犹木兰为舟，翠羽为楫，玩之于陆而无涉川之用。
>
> （《毗陵集》十三）

他以“足志”、“足言”为讽颂（比兴），便是“诗言志”的影响，而不是那两句话的本义了。又有将这两句话与《诗大序》的话参合起来的，如尚衡《文道元龟》论“志士之文”云：

> 志士之作，介然以立诚，愤然有所述，言必有所讽，志必有所之，词寡而意恳，气高而调苦，斯乃感激之道焉。
>
> （《全唐文》三九四）

论文而“言”、“志”并举，自然从孔子的话来，而“有所讽”、“有所之”却全是《诗大序》的意思。又柳冕《答荆南裴尚书论文书》云：

> 君子之儒，学而为道，言而为经，行而为教，声而为律，和而为音。……故“在心为志，发言为诗”，谓之文；兼三才而名之曰儒。儒之用，文之谓也。言而不能文，君子耻之。
>
> （《全唐文》五二七）

这里“志”、“言”、“文”并举，却简直抄袭了《诗大序》的句子，“文”是所谓文教合一的文，作用正在讽与颂。柳冕又有《与徐给事论文书》云：

> 文章本于教化，形于治乱，系于国风。故在君子之心为志，形君子之言为文，论君子之道为教。
>
> （《全唐文》五二七）

也是“志”、“言”、“文”并举，也抄《诗大序》，可是“志”之外又叠床架屋加上一个“道”，这是六朝以来“文以明道”说的影响。道的概念比志的概念广泛得多，用以论文，也许合适些。“文以言志”说虽经酝酿，却未确立，大概就是这个原故了。

比　　兴

一　毛诗郑笺释兴

《诗大序》说：

> 诗有六义焉：一曰风，二曰赋，三曰比，四曰兴，五曰雅，六曰颂。

《周礼·春官·大师》称为“六诗”，次序相同。孔颖达《毛诗正义》说：

> 然则风雅颂者，诗篇之异体，赋比兴者，诗文之异辞耳。大小不同而得并为六义者，赋比兴是诗之所用，风雅颂是诗之成形，用彼三事，成此三事，是故同称为“义”，非别有篇卷也。

赋比兴又单称诗三义，见于钟嵘《诗品序》。风雅颂的意义，历来似乎没有什么异说，直到清代中叶以后，才渐有新的解释。赋比兴的意义，特别是比兴的意义，却似乎缠夹得多；《诗集传》以后，缠夹得更厉害，说

《诗》的人你说你的，我说我的，越说越糊涂。在诗论上，我们有三个重要的，也可说是基本的观念："诗言志"，"比兴"，"温柔敦厚"的"诗教"。后世论诗，都以这三者为金科玉律。"诗教"虽托为孔子的话，但似乎是《诗大序》的引申义。它与比兴相关最密。《毛传》中兴诗，都经注明，《国风》里计有七十二首之多；而照《诗大序》说，"风"是"风化"、"风刺"的意思，《正义》云："皆谓譬喻不斥言也。"那么，比兴有"风化"、"风刺"的作用，所谓"譬喻"，不止于是修辞，而且是"谲谏"了。温柔敦厚的诗教便指的这种作用。比兴的缠夹在此，重要也在此。

《毛诗》注明"兴也"的共一百十六篇，占全诗（三〇五篇）百分之三十八。《国风》一百六十篇中有兴诗七十二；《小雅》七十四篇中就有三十八，比较最多；《大雅》三十一篇中只有四篇；《颂》四十篇中只有两篇，比较最少。《毛传》的"兴也"，通例注在首章次句下。《关雎》篇首章云："关关雎鸠，在河之洲。窈窕淑女，君子好逑。""兴也"便在"在河之洲"下。但也有在首句或三句四句下的。一百十六篇中，发兴于首章次句下的共一百零二篇，于首章首句下的共三篇，于首章三句下的共八篇，于首章四句下的共二篇。在哪一句发兴，大概凭文义而定，就是常在兴句之下。但有时也在非兴句之下，那似乎是凭叶韵。如《汉广》篇首章云：

> 南有乔木，不可休思。汉有游女，不可求思。……

按文义论，"兴也"该在次句下，现在却在四句下。又《终风》篇首章云：

> 终风且暴。顾我则笑。……

《绵》篇首章云：

> 绵绵瓜瓞。民之初生，自土沮漆。……

“兴也”都不在首句下，却依次在次句和三句下。这些似乎是依照叶韵，将“兴也”排在第二个韵句下。古代著述，体例本不太严密的。

还有不在首章发兴的，但只有两篇如此。《秦风·车邻》篇首章有传，而“兴也”在次章次句下；《小雅·南有嘉鱼》篇首章次章都有传，而“兴也”在三章次句下。最特殊的是《鲁颂·有駜》篇，首章云：

> 有驶有驶，驶彼乘黄。夙夜在公，在公明明。振振鹭，鹭于下。鼓咽咽，醉言舞。于胥乐兮！

“驶彼乘黄”下有传，而“鹭于下”下云：

> 振振，群飞貌。鹭，白鸟也。“以兴”絜白之士。咽咽，鼓节也。

这里没有说“兴也”，只说“以兴”。而《小雅·鹿鸣》篇首章次句下《传》云：

> 兴也。苹，萍也。鹿得萍，呦呦然鸣而相呼，恳诚发乎中。“以兴”嘉乐宾客，当有诚恳相招呼以成体也。

这里“兴也”之外，也说“以兴”。那么，《有駜》篇也可算是兴诗了。不注“兴也”，是因为前有“駜彼乘黄”一喻，与别的“兴”之前无他喻者不一例。但是为什么偏要在六句“鹭于下”下发兴，创一特例呢？原来《周颂》有《振鹭》篇，首四句云：

> 振鹭于飞，于彼西雝。我客戾止，亦有斯容。

《传》于次句下云：

> 兴也。振振，群飞貌。鹭，白鸟也。雝，泽也。

诗意以“振鹭”比“客”，毛氏特地指出鹭是“白鸟”，正是所谓“以兴絜白之士”的意思。“振振鹭，鹭于飞”也就是“振鹭于飞”，后者既然是兴，前者自然也该是兴了。《车邻》篇次章和《南有嘉鱼》篇三章之所以是兴，理由正同。《车邻传》以“阪有漆，隰有栗”为兴。按《唐风·山有枢》篇首章云：“山有枢，隰有榆”，《传》：“兴也”。次章云：“山有栲，隰有杻”；三章云：“山有漆，隰有栗”，与“阪有漆”二句只差一字。《传》既于“阪有漆”二语下发兴，当也以“山有漆”二语为兴；那么，《山有枢》篇首章的“兴也”是贯到全篇各章的了。《南有嘉鱼传》以“南有樛木，甘瓠累之”为兴。按《周南·樛木》篇首章云：“南有樛木，葛藟累之”，《传》：“兴也”。《南有嘉鱼》篇只将“葛藟”换了“甘匏”，别的都一样，所以《传》也称为兴。总之，《车邻》、《南有嘉鱼》、《有駜》三篇，都因为有类似“编次在前的兴诗”里的句子，《传》才援例称为兴，与别的兴诗不一样。

类似的例子还有《小雅》的《鸳鸯》与《白华》二篇。《鸳鸯》篇是兴诗，次章云：“鸳鸯在梁，戢其左翼”；《白华》篇七章也以此二句始。但《白华》篇原是兴诗，首章既已注了“兴也”，七章就可以不用注了。再有《召南·草虫》篇首章云：

> 喓喓草虫，趯趯阜螽。未见君子，忧心忡忡。亦既见止，亦既觏止，我心则降。

《传》于次句发兴。而《小雅·出车》篇五章云：

喓喓草虫，趯趯阜螽。未见君子，忧心忡忡。既见君子，我心则降。赫赫南仲，薄伐西戎。

这里前六句与《草虫》篇首章几乎全同。《出车》篇不是兴诗，这一章却不指出是兴，而且全然无传，也许是偶然的疏忽罢。至于《郑风·扬之水》篇首章次章的首二句和《王风·扬之水》篇次章首章全同，而在《王风》题为兴诗，在《郑风》却不然，是不合理的，疑心“兴也”两字传写脱去。

《毛传》“兴也”的“兴”有两个意义，一是发端，一是譬喻；这两个意义合在一块儿才是“兴”。《诗》文里“兴”字共见了十六次，但只有一次有传，在《大雅·大明》篇“维予侯兴”下，云：

兴，起也。

《说文》三篇上《舁部》同。“兴也”的“兴”正是“起”的意思。这个“兴”字大概出于孔子“兴于诗”（《论语·泰伯》）、“诗可以兴”（《阳货》）那两句话。何晏《论语集解》引包咸说前一句云：“兴，起也。言修身当先学《诗》。”又引孔安国说后一句云：“兴，引譬连类。”兴是譬喻，而这种譬喻还能启发人向善，有益于修身，所以说“兴于诗”。“起”又即发端。兴是发端，只须看一百十六篇兴诗中有一百十三篇都发兴于首章（《有駜》篇是特例，未计入），就会明白。朱子《诗传纲领》说“兴者，托物兴辞”，“兴辞”其实也该是发端的意思。

兴是譬喻，“又是”发端，便与“只是”譬喻不同。前人没有注意兴的两重义，因此缠夹不已。他们多不敢直说兴是譬喻，想着那么一来便与比无别了。其实《毛传》明明说兴是譬喻：

《关雎传》兴也。……后妃说乐君子之德……慎固幽深，“若”雎鸠之有别焉。

《旄丘传》兴也。……诸侯以国相连属，忧患相及，“如”葛之蔓延相连及也。

《竹竿传》兴也。……钓以得鱼，“如”妇人待礼以成为室家。

《南山传》兴也。……国君尊严，“如”南山崔崔然。

《山有枢传》兴也。……国君有财货而不能用，“如”山隰不能自用其财。

《绸缪传》兴也。……男女待礼而成，“若”薪刍待人事而后束也。

《葛生传》兴也。……葛生延而蒙楚，蔹生蔓于野，“喻”妇人外成于他家。

《晨风传》兴也。……先君招贤人，贤人往之，驶疾“如”晨风之飞入北林。

《菁菁者莪传》兴也。……君子能长育人材，“如”阿之长莪菁菁然。

《卷阿传》兴也。……恶人被德化而消，“犹”飘风之入曲阿也。

陈奂《诗毛氏传疏·葛藟》篇也引了这些例，说道：

曰“若”曰“如”曰“喻”曰“犹”，皆比也。《传》则皆曰兴。比者，比方于物。兴者，托事于物。作诗者之意，先以托事于物，继乃比方于物，盖言兴而比已寓焉矣。

这真是“从而为之辞”，《传》意本明白，一“疏”反而糊涂了。但《传》意也只是《传》意而已，至于“作诗者之意”，是很难说的。有许多诗篇的作意，我们现在老实还不懂。按我们懂的说，和《毛诗》学、三家诗学也有大异其趣的地方。《毛传》所谓兴，恐怕有许多是未必切合“作诗人之意”的。但这一层本文不能详论，只想鸟瞰一下。

《毛传》兴诗中明言为譬喻的，只有《周颂·振鹭》一篇，已见前引，明言以“振鹭于飞”比客的样子；但喻义是否说客是“絜白之士”，就不能确知了。其次，以平行句发兴的，也可确定为譬喻，虽然喻义也难尽知。如《南有樛木》篇云：

南有樛木，葛藟累之。乐只君子，福履绥之。

又如《萚兮》篇云：

萚兮萚兮，风其吹女。叔兮伯兮，倡予和女。

又如《甫田》篇云：

无田甫田，维莠骄骄。无思远人，劳心忉忉。

又如《黍苗》篇云：

芃芃黍苗，阴雨膏之。悠悠南行，召伯劳之。

《左传》隐公十一年引周谚云：“山有木，工则度之。宾有礼，主则择之。”《荀子·大略》篇引语曰：“流丸止于瓯臾。流言止于智者。”都是平行的譬喻。与所引《诗经》各句比着看，《诗经》各句也是平行的譬喻，是无疑的。但《诗经》中这种平行句并不多。其次，是兴句之下接着正句，并不平行，有时可知为譬喻，有时不可确知，而《毛传》都解为譬喻。前者喻义已多难明，后者更不用说了。前者例如《节南山》篇云：

> 节彼南山，维石岩岩。赫赫师尹，民具尔瞻。

又如引过的《绵》篇，都显然是譬喻。后者如《关雎》、《桃夭》、《麟趾》等篇都是的。但这两者也不多。以上所谓譬喻，指显喻（simile）而言。

其次，兴句孤悬，不接下旬，是否譬喻，还不可知，《毛诗》也都解为譬喻。这里说“毛诗”，因为这些诗大多数必得将《传》与《序》合看，才能明白毛氏的意思；《传》老是接着《序》说，所以有时非常简略，有时非常突兀，单看是不容易懂的。如《邶风·柏舟传》云：

> 泛彼柏舟，亦泛其流。（兴也。泛泛，流貌。柏木，所以宜为舟也。亦泛泛其流，不以济度也。）耿耿不寐，如有隐忧。（耿耿，犹儆儆也。隐，痛也。）

《传》没有说出喻义，似乎让读者自行参详，其实不是的。《序》云：

> 《柏舟》，言仁而不遇也。卫顷公之时，仁人不遇，小人在侧。

柏舟泛流正是比“仁人不遇”的，合看《序》与《传》，就明白了。这个喻义切合不切合另是一事，可是《毛诗》的意思如此。又如《北风传》云：

> 北风其凉，雨雪其雱。（兴也。北风，寒凉之风。雱，盛貌。）惠而好我，携手同行。（惠，爱；行，道也。）其虚其邪，既亟只且！（虚，虚也。亟，急也。）

《传》述兴义太略，但《序》里说得清清楚楚的：

> 《北风》，刺虐也。卫国并为威虐，百姓不亲，莫不相携持而去焉。

全诗里这种简略的《传》有很多处，不但兴诗为然。还有，如前面引过的《齐风·南山篇传》云：

> 南山崔崔，雄狐绥绥。（兴也。南山，齐南山也。崔崔，高大也。国君尊严，如南山崔崔然。雄狐相随，绥绥然无别，失阴阳之匹。）鲁道有荡，齐子由归。（荡，平易也。齐子，文姜也。）既曰归止，曷又怀止！（怀，思也。）

说是“国君”“失阴阳之匹”，而“齐子，文姜也”，又经注明，够具体的，却偏不说出国君是谁，岂不突兀？其实《序》里早说出“刺襄公也，鸟兽之行，淫乎其妹”了。这样看，《序》便不能作于《毛传》之后了。这一类兴句若可称为譬喻，当是隐喻，与前一类不同。又其次，兴句也是孤悬，而《序》、《传》中全见不出是譬喻。如《周南·卷耳序》、《传》云：

> 《卷耳》，后妃之志也，又当辅佐君子求贤审官。知臣下之勤劳，内有进贤之志而无险波私谒之心。朝夕思念，至于忧勤也。
>
> 采采卷耳，不盈顷筐。（忧者之兴也。采采，事采之也。卷耳，苓耳也。顷筐，畚属，易盈之器也。）嗟我怀人，真彼周行。（怀，思；寘，置；行，列也。）

《毛诗正义》云：

不云“兴也”而云“忧者之兴”，明有异于馀兴也。馀兴言菜，即取采菜喻，言生长即以生长喻。此言采菜而取忧为兴，故特言“忧者之兴”；言“兴”取其“忧”而已，不取其采菜也。

照《传》、《疏》的意思，后妃忧在进贤，“朝夕思念，至于忧勤”，专心致志，念兹在兹，日常的事都不在意，所以采卷耳采来采去，还采不满一浅筐子。这采菜不能满筐一件事，正以见后妃的“忧勤”，正是后妃“忧勤”的一例。而举一可以例馀，别的日常的事也就可想而知了。举一例馀本与隐喻有近似的地方，称为兴诗似乎也还持之有故。又《小雅·大东序》、《传》云：

《大东》，刺乱也。东国困于役而伤于财。谭大夫作是诗以告病焉。

有饛簋飧，有捄棘匕。（兴也，饛，满簋貌。飧，熟食，谓黍稷也。捄，长貌。匕，所以载鼎实。棘，赤心也。）周道如砥，其直如矢。（如砥，贡赋平均也。如矢，赏罚不偏也。）君子所履，小人所视。睠言顾之，潸焉出涕。

按《序》、《传》的说法，这是一篇伤今思古的诗，好像戏词儿说的“思想起，当年事，好不惨然”。但“当年事”多如乱麻，从哪儿说起呢？于是举出“吃饱饭”这一件以例其馀。陈奂说此篇云：“兴者，陈古以言今，亦兴体也；馀皆托物以为喻。”他申毛义是不错的。《葛覃》、《伐木》、《鸳鸯》等篇的兴义也和以上两篇大同小异。又其次，也许是最可注意的，像《鸱鸮》、《鹤鸣》两篇兴诗，兴句之下，并无正句，全篇都是譬喻。但并非全篇皆兴。只有发端才是兴，兴以外的譬喻是比。这层下文详论。

《诗毛氏传疏·周南·南有樛木》篇云：

案樛木下曲而垂，葛藟得而上蔓之。喻后妃能下逮其众妾，得以亲附焉。《传》于首章言兴以晐下章也，全《诗》仿此。

但《南有樛木》篇二三两章的首二句是复沓首章的；首章的是兴句，二三两章的自然也可说是兴句。而且这种兴句在别篇章首时，《传》也还认为兴句，上交讨论过的《车邻》、《南有嘉鱼》、《有駜》三篇都是如此。就中《车邻》篇次章"阪有漆，隰有栗"既是兴句，三章的"阪有桑，隰有杨"是复沓次章的，也便连带成为兴句了。兴诗中全篇各章复沓的共五十三篇，快到一半了，这些都可说是"首章言兴以晐下章"的。又兴诗通例多以一"事"为喻，如"关关雎鸠，在河之洲"，"风雨凄凄，鸡鸣喈喈"；一以雎鸠为主，一以鸡鸣为主，可都是一件事。间有并举二事的，但必是一类。这种兴句往往是平行的，如"山有扶苏，隰有荷华"，"葛生蒙楚，蔹蔓于野"。只有前引《南山》篇，兴句明是串言一事，以雄狐为主，而《传》却分为两喻，是仅有的例外。《毛传》兴诗的标准并不十分明确。以这些兴诗为例，似乎还可以定出好些兴诗来。最显著的是《小雅·皇皇者华》篇，首章云：

皇皇者华，于彼原隰。駪駪征夫，每怀靡及。

次句下《传》云：

皇皇，犹煌煌也。高平曰原，下湿日隰。忠臣奉使，能光君命，无远无近，"如"华不以高下易其色。

《传》明用"如"字，明以"皇皇者华"二句为喻句，却不说是兴；又《邶风·燕燕》篇，《序》以为卫庄姜送戴妫。首章云：

燕燕于飞。差池其羽。之子于归，远送于野。瞻弗及，泣涕如雨。

次句下《传》云：

燕燕，鳦也。燕之于飞，必差池其羽。

《郑笺》云：

差池其羽，谓张舒其尾翼。“以兴”戴妫将归，顾视其衣服。

这也言之成理。古人却不敢说《传》的标准不明确，《螽斯》正义引《郑志》答张逸云：

若此无人事，实兴也。文义自解，故不言之，凡说不解者耳。众篇皆然。

这明是曲为回护，代圆其说了。

《郑笺》说兴诗，详明而有系统，胜于《毛传》，虽然“作诗者之意”还是难知。郑玄以为“《诗》之兴”是“象似而作之”。《传》说“兴也”，《笺》大多数说“兴者喻”。如《葛覃笺》云：

葛者，妇人之所有事也。此因葛之性以兴焉。“兴者”，葛延蔓于谷中，“喻”女在父母之家，形体浸浸日长大也。叶萋萋然，“喻”其容色美盛也。

又如《桃夭笺》云：

> “兴者，喻”时妇人皆得以年盛时行也。

《螽斯》正义说：“《笺》言‘兴者喻’，言《传》所兴者，欲以喻此事也。‘兴’‘喻’名异而实同。”有时也说“兴者犹”，有时单说“犹”，有时又说“以喻”，但是都很少。《笺》又参照《毛传》兴诗的例，增加了些兴诗。《燕燕》篇之外，如《小雅·四月》篇首“四月维夏，六月徂暑”二语《笺》云：

> 徂，犹始也。四月立夏矣，至六月乃始盛暑。“兴”人为恶亦有渐，非一朝一夕。

这也是明说“兴”的。还有，如《召南·殷其靁》篇“殷其靁，在南山之阳”《笺》云：

> 靁“以喻”号令。于南山之阳又“喻”其在外也。召南大夫以王命施号令于四方，“犹”靁殷殷然发声于山之阳。

说“以喻”，说“犹”，也正与说《毛传》兴诗的语例相同。这一类可以说是《郑笺》增广的兴诗。《郑笺》虽然详明有系统，可是所说的兴诗喻义，与《毛传》一样，都远出常人想像之外。黄侃《文心雕龙札记·比兴》篇论兴云：“自非受之师说，焉得以意推寻！”是不错的。所谓“师说”，只是“知人论世”。“知人论世”的结果为什么会远出常人想像之外呢？这却真非一朝一夕之故了。

二　兴义溯源

春秋时列国大夫聘问，通行赋诗言志，详见《左传》。赋诗多半是自唱，有时也教乐工去唱；唱的或是整篇诗，或只选一二章诗。当时人说话也常常引诗为证。所赋所引的诗，大多数在“诗三百”里。赋一章诗的似乎很多。《左传》襄公二十八年，卢蒲癸说：“赋诗断章，余取所求焉。”杜预注：“譬如赋诗者，取其一章而已。”“余取所求焉”也就是《国语》师亥说的“诗所以合意”（《鲁语》下）。赋诗只取一二章，并且只取一章中一二句，以合己意，叫做“断章取义”，引诗也是如此。这些都是借用古诗，加以引申，取其能明己意而止。“作诗人之意”是不问的。最显著的例是《左传》成公十二年晋却至对楚子反的话：

> 世之治也，诸侯间于天子之事，则相朝也。于是乎有享宴之礼。享以训共俭，宴以示慈惠。共俭以行礼而慈惠以布政。政以礼成，民是以息，百官承事，朝而不夕。此公侯之所以扞城其民也。故《诗》曰：“赳赳武夫，公侯干城。”及其乱也，诸侯贪冒，侵欲不忌，争寻常以尽其民，略其武夫以为己腹心股肱爪牙。故《诗》曰：“赳赳武夫，公侯腹心。”天下有道，则公侯能为民干城而制其腹心。乱则反之。

这四句诗都在《周南·兔罝》篇里，前二句在首章，后二句在三章。那三章诗是复沓的，“赳赳武夫”二句（次章下句作“公侯好仇”），三章句法相同，意思自然一样。却至为了自己辩论的方便，硬将这四句说成相反两义，当然是穿凿，是附合支离。不过他是引诗为证，不是说诗；主要的是他的论旨，而不是诗的意义。看《左传》的记载，那时卿大夫对于“诗三百”大约都熟悉，各篇诗的本义，在他们原是明白易晓，正和我们对于皮黄戏一般。他们听赋诗，听引诗，只注重赋诗的人引诗的人用意所在；他们对于原诗的了解，是不会跟了赋诗引诗的人而歪曲的。好像后世诗文用典，但求旧典新用，不必与原义尽合；读者欣赏作者的技巧，可并不会因此误解原典的意义。不过注这样诗文的人该举出原典，以资考信。毛郑解《诗》却不如此。“诗三百”原多即事言情之作，当时义本易明。到了他们手里，有意深求，一律用赋诗引诗的方法去说解，以断章之义为全章全篇之义，结果自然便远出常人想像之外了。而说比兴时尤然。

《左传》所记赋诗，见于今本《诗经》的，共五十三篇：《国风》二十五，《小雅》二十六，《大雅》一，《颂》一。引诗共八十四篇：《国风》二十六，《小雅》二十三，《大雅》十八，《颂》十七。重见者均不计。再将两项合计，再去其重复的，共有一百二十三篇：《国风》四十六，《小雅》四十一，《大雅》十九，《颂》十七，占全诗三分之一强，可见“诗三百”当时流行之盛之广了。赋诗各篇中《毛传》定为兴诗的二十六，引诗中二十一；两项合计，去重复，共四十篇，占兴诗全数三分之一弱。赋诗显用喻义的九篇，有七篇兴诗。引诗显用喻义的十篇，有五篇兴诗。现在只举《左传》明言喻义而与《毛诗》相合的五篇，依《左传》中次序。先说赋诗。文公四年《传》云：

> 卫宁武子来聘。公与之宴，为赋《湛露》及《彤弓》。不辞，又不答赋。使行人私焉。对曰：“臣以为肄业及之也。昔诸侯朝正于王，王宴乐之，于是乎赋《湛露》，则天子当阳，诸侯用命也。……”

按《毛诗·湛露·序》、《传》云：

> 《湛露》，天子宴诸侯也。
>
> 湛湛露斯，匪阳不晞。（兴也。湛湛，露茂盛貌。阳，日也。晞，干也。露虽湛湛然，见阳则干。）厌厌夜饮，不醉无归。（《传》略）

合看《序》、《传》，正是“天子当阳，诸侯用命”的意思。又襄公十六年《传》说齐国再伐鲁国，鲁国派穆叔聘晋，并求援助。他“见范宣子，赋《鸿雁》之卒章。宣子曰：‘匄在此，敢使鲁无鸠乎？’”（杜注：鸠，集也。）按《鸿雁·序》云：

《鸿雁》，美宣王也。万民离散，不安其居。而能劳来还定安集之，至于矜寡，无不得其所焉。

诗卒章《传》云：

鸿雁于飞，哀鸣嗷嗷。（未得所安集，则嗷嗷然。）维此哲人，谓我劬劳。维彼愚人，谓我宣骄。（宣，示也。）

“安集”之义，正本《左传》。又襄公十九年《传》云：

季武子如晋拜师，晋侯享之。范宣子为政，赋《黍苗》。季武子兴，再拜稽首曰：“小国之仰大国也，如百谷之仰膏雨焉。若常能膏之，其天下辑睦，岂唯敝邑！”

按《黍苗·序》、《传》云：

《黍苗》，刺幽王也。不能膏润天下卿士，不能行召伯之职焉。

芃芃黍苗，阴雨膏之。（兴也。芃芃，长大貌。）悠悠南行，召伯劳之。（悠悠，行貌。）

所谓“不能膏润天下卿士”，也本于《左传》。

次记引诗。文公七年《传》云：

宋成公卒。……昭公将去群公子。乐豫曰：“不可。公族，公室之枝叶也。若去之，则本根无所庇阴矣。葛藟犹能庇其本根，故君子以为比，况国君乎！……”

按《葛藟·序》、《传》云：

> 《葛藟》，王族刺平王也。周室道衰，弃其九族焉。
>
> 绵绵葛藟，在河之浒。（兴也。绵绵，长不绝之貌。水崖曰浒。）终远兄弟，谓他人父。（兄弟之道已相远矣。）谓他人父，亦莫我顾。

所谓“弃其九族”、“兄弟之道已相远”，都本于《左传》。陈奂云：“此诗因葛藟而兴，又以葛藟为比，故《毛传》以为兴，《左传》则以为比。”《左传》的“比”只是譬喻，与《毛传》的兴兼包“发端”一义者不同，陈说甚确。但他下文又说“盖言兴而比已寓焉矣”，那却糊涂了。又襄公三十一年《传》云：

> 北宫文子相卫襄公以如楚，宋之盟故也。过郑，印段廷劳于棐林，如聘礼而以（用）劳辞。文子入聘。子羽为行人。冯简子与子大叔逆客。事毕而出，言于卫侯曰：“郑有礼，其数世之福也，其无大国之讨乎！《诗》云：‘谁能执热，逝不以濯？’礼之于政，如热之有濯也；濯以救热，何患之有！……”

按《桑柔》五章《传》云：

> 为谋为毖，乱况斯削。（毖，慎也。）告尔忧恤，诲尔序爵。谁能执热，逝不以濯？（濯所以救热也，礼所以救乱也。）其何能淑！载胥及溺！

“谁能执热”二句《传》几乎全与《左传》同。《桑柔》是兴诗，但这两句却是《大序》所谓“比”。以上五例，一方面看出断章取义或诗以合意的情形，一方面可看出《毛诗》比兴受到了《左传》的影响。但春秋时赋诗引诗，是即景生情的；在彼此晤对的背景之下，尽管断章取义，还是亲切易晓。《毛诗》一律用赋诗引诗的方法，却没了那背景，所以有时便令人觉得无中生有了。《郑笺》力求系统化，力求泯去断章的痕迹，但根本态度与《毛传》同，所以也还不免无中生有的毛病。

《诗序》主要的意念是美刺，《风》、《雅》各篇序中明言“美”的二十八，明言“刺”的一百二十九，两共一百五十七，占《风》、《雅》诗全数百分之五十九强。其中兴诗六十七，美诗六，刺诗六十一，占兴诗全数百分之五十八弱。美刺并不限于比兴，只一般的是诗的作用，所谓“诗言志”最初的意义是讽与颂，就是后来美刺的意思。古代天子听政，使公卿至于列士献诗，庶人传语。《诗经》说到作诗之意的有十二篇，都不外乎讽与颂。不过这十二篇只有两篇《风》诗，其馀全在大小《雅》里。《风》诗大概不出于民间，但与《小雅》的一部分都非“献诗”，是可无疑的。刘安所谓“《国风》好色而不淫，《小雅》怨诽而不乱”，多少说着了这部分诗的性质与作用。这是歌谣，可是贵族的歌谣。春秋用《风》诗比较的晚。《左传》僖公二十四年引用《曹风·候人》，这是开始。劳孝舆《春秋诗话》二云：

> 春秋至僖公二十四年为八十年矣。至此始引用列国之风，前所引者皆《雅》、《颂》。可知《风》诗皆随时所作，如《硕人》、《清人》之类是也。而左氏不悉标出者，大抵《风》诗未必有切指之题。《小序》之傅会，可尽信哉！

赋《风》诗却以文公十三年郑子家赋《载驰》篇为始见。劳氏因此推想“《风》诗皆随时所作”，举《硕人》、《清人》等篇为例。但作诗时代，《左传》有记载的只有《硕人》、《清人》、《载驰》、《黄鸟》四篇。据这四篇而推论其馀的一百五十六篇《风》诗皆春秋中叶后随时所作，实难征信。大约《风》诗（和《小雅》一部分）人乐较晚，而当时诗以声为用，入乐以后，才得广传，因此引的赋的也便晚了。不过劳氏说：

“《风》诗未必有切指之题，《小序》之傅会，可尽信哉！”却是重要的意见。原来自从僖公二十四年以后，引《风》诗赋《风》诗的都很不少。《雅》、《颂》本多讽颂之作，断章取义与原义不致相去太远；《风》诗却少讽颂之作，断章取义往往与原义差得很远。这在当时是无妨的。后来《毛诗》却一律用赋诗引诗的方法说解，在《风》诗（及《小雅》的一部分）便更觉支离傅会了。而譬喻的句子（比兴）尤其是这样。

“美刺”之称实在本于《春秋》家。公羊、穀梁解经多用“褒贬”字，也用“美恶”字。《公羊》隐公七年《传》云：

> “滕侯卒。”何以不名？微国也。微国则其称“侯”何？不嫌也。《春秋》贵贱不嫌同号，“美恶”不嫌同辞。

又如僖公十年“晋杀其大夫里克”《传》云：

> 然则曷为不言惠公之入？晋之不言出入者，踊（何休注，豫也。）为文公讳也。齐小白入于齐，则曷为不为桓公讳？桓公之享国也长，“美”见乎天下，故不为之讳本“恶”也。文公之享国也短，美未见乎天下，故为之讳本恶也。

这都是“美恶”并言，是实字，是名词。“美恶”是当时成语，有时也用为形容词和副词。又《穀梁》僖公元年《传》云：

> “齐师、宋师、曹师城邢。”是向之师也。使之如政事然，“美”齐侯之功也。

又如僖公九年《传》云：

> “九月戊辰，诸侯盟于葵丘。”桓盟不日，此何以日？

"美"之也。为见天子之禁，故备之（日）也。

这是专说"美"的，"美"字虚用，是动词。"恶"字如此虚用的例，两传中未见。却有"刺"字，只《穀梁传》中一见。庄公四年《传》云：

"冬，公及齐人狩于郜。""齐人"者，齐侯也。其曰"人"何也？卑公之敌，所以卑公也。不复仇而怨不释，刺释怨也。

这里"美"和"刺"该就是《毛诗》所本。但两传所称"美恶""美刺"，都不免穿凿之嫌，毛郑大概也受到了影响。《诗经》中可也一见"美刺"的"刺"字。《魏风·葛屦》篇末述作诗之意云：

维是褊心，是以为刺。

这是刺诗的内证，足为美刺说张目。按美，善也，《诗序》中也偶用"嘉"字。刺，责也，《诗序》中也偶用"责""诱""规""诲"等字，更常用"戒"字。如《秦风·终南序》云，"戒襄公也"。首章"终南何有？有条有枚。"《传》也说，"宜以戒不宜也"。《序》、《传》相合显然。可是《诗序》据献诗讽颂的史迹，却采用了《春秋》家的名称，似乎也不是无因的。《孟子·滕文公》下云：

兴衰道微，邪说暴行有作。臣弑其君者有之，子弑其父者有之。孔子惧，作《春秋》。……孔子成《春秋》而乱臣贼子惧。

赵岐注："言乱臣贼子惧《春秋》之贬责也。"又《离娄》下云：

王者之迹熄而《诗》亡。《诗》亡然后《春秋》作。晋之

《乘》，楚之《梼杌》，鲁之《春秋》，一也，其事则齐桓、晋文，其文则史。孔子曰："其义则丘窃取之矣。"

焦循《孟子正义》说："诸史无义而《春秋》有义。"是确切的解释。所谓"义"是什么呢？伪孙奭《疏》云：

盖《春秋》以义断之……以赏罚之意寓之褒贬，而褒贬之意则寓于一言耳。

在史是褒贬，在诗就是讽颂。孟子似乎是说，献诗的事已经衰废了，孔子寓讽颂之意于史，作《春秋》，赏善罚恶，以垂教于天下后世，所以"乱臣贼子惧"。《诗》与《春秋》在《孟子》书中，相关既如此之密切，那么，序《诗》的人参照诗文，采用"美刺"的名称，也是很自然的事了。

孔子时赋诗不行，雅乐败坏，诗和乐渐渐分家。所以他论诗便侧重义一方面。他说：

"诗三百"，一言以蔽之，曰："思无邪。"

（《论语·为政》）

《论语集解》引包咸曰："归于正。"按"思无邪"见《鲁颂·駉》篇末章，下句是"思马斯徂"。《笺》云："徂，犹行也。……牧马使可走行。"全诗咏牧马事。陈奂于首章说云："思，词也。斯，犹其也。'无疆'、'无期'，颂祷之词。'无斁'、'无邪'，又有劝戒之义焉。'思'皆为语助。""无邪"只是专心致志的意思，孔子当是断章取义。他又说：

兴于诗，立于礼，成于乐。

（《泰伯》）

又说：

> 小子何莫学夫诗！诗可以兴，可以观，可以群，可以怨。迩之事父，远之事君。
>
> （《阳货》）

这都是从“无邪”一义推演出来的。孔子以“无邪”论诗，影响后世极大。《诗大序》所谓“正得失”，所谓“先王以是经夫妇，成孝敬，厚人伦，美教化，移风俗”，所谓“发乎情，止乎礼义”，都是“无邪”一语的注脚。《毛诗》、《郑笺》的基石，可以说便是这个意念。至于《传》、《笺》的方法，却受于孟子为主，但曲解了孟子。孟子时雅乐衰亡，新声大作，诗乐完全分家，诗更重义一方面。他说诗虽然还不免有断章取义之处，但他开始注重全篇的说解了。《万章（上）》，咸丘蒙问道：

> 《诗》云：“普天之下，莫非王土。率土之滨，莫非王臣。”而舜既为天子矣，敢问瞽瞍之非臣如何？

孟子答道：

> 是诗也，非是之谓也。劳于王事而不得养父母也。曰“此莫非王事，我独贤劳也”。故说《诗》者不以文害辞，不以辞害志。以意逆志，是为得之。如以辞而已矣，《云汉》之诗曰：“周馀黎民，靡有孑遗。”信斯言也，是周无遗民也。

这是论《小雅·北山》诗。全诗主旨在咸丘蒙所举四句之下的“大夫不均，我从事独贤”二句，孟子的意见是对的。咸丘蒙是断章取义，孟子却就全篇说解。这是一个新态度。春秋赋诗，虽有全篇，所重在声，取义甚少。引诗却有说全篇意义的。如《左传》隐公三年，君子曰：“《风》有《采蘩》、《采苹》，《雅》有《行苇》、《泂酌》，昭忠信也。”杜注云：“明有忠信之行，虽薄物皆可为用。”但只此一例，出于偶然。到了孟子，才有意地注重全篇之义；他和咸丘蒙论《北山》诗，和公孙丑论《小弁》、《凯风》的怨亲不怨亲（《告子（下）》），都是就全篇而论。而在对咸丘蒙的一段话里，更明显地表示他的主张。“以文害辞”、“以辞害志”便指断章取义而言，他反对那样的说诗。“以意逆志”赵注云：

人情不远，以己之意逆诗人之志，是为得其实矣。

《说文》二下《辵部》：“逆，迎也。”《周礼·天官·司会》“以逆都鄙官府之志”，《司书》“以逆群吏之征令”，郑玄都注云：“逆受而钩考之。”又《地官·乡师》“以逆其役事”，郑注也道：“逆犹钩考也。”以己之意“迎受”诗人之志而加以“钩考”，与“诗所以合意”正相反。如何以己之意“钩考”诗人之志呢？赵氏举出“人情不远”之说，是很好的。但还得加一句，逆志必得靠文辞。文辞就是字句。“以文害辞”、“以辞害志”，固然不成，但离开字句而猜全篇的意义也是不成的。孟子论《北山》等三诗，似乎只靠文辞说解诗义；他并不曾指出这些是何时何人的诗。到此为止的“以意逆志”是没有什么流弊的。但孟子还说了一番话：

……以友天下之善士为未足，又尚（上）论古之人。颂（诵）其诗，读其书，不知其人，可乎？是以论其世也。是尚友也。

（《万章（下）》）

这一段只重在“尚论古之人”，“诵诗”、“读书”与“知人论世”各是一事，并不包含“诵诗”、“读书”必得“知人论世”才能了解的意思。《毛诗》、《郑笺》跟着孟子注重全篇的说解，自是正路。但他们曲解“知人论世”，并死守着“思无邪”一义胶柱鼓瑟的“以意逆志”，于是乎就不是说诗而是证史了。断章取义而以“思无邪”论诗，是无妨的。根据“文辞”“以意逆志”，或“知人论世”“以意逆志”也可以多少得着“作诗者之意”，因为人情是不相远的。他们却据“思无邪”一义先给“作诗者之志”定下了模型，再在这模型里“以意逆志”，以诗证史，人情自然顾不到，结果自然便远出常人想像之外了。固然《传》、《笺》以诗证史，也自有他们的客观标准，便是《诗经》中的国别与篇次；郑氏根据了这些，系统地附合史料，便成了他的《诗谱》。但国别与篇次都是在诗外的不确切的标准，与诗义相关极少，不足为据。就在这种附合支离的局面下，产生了赋比兴的解释；而比兴义去常情更远，最为缠夹，可也最受人尊重。

三 赋比兴通释

《周礼·大师》“教六诗……”郑玄注云：

> 赋之言“铺”，直铺陈今之政教善恶。

《诗大序》孔颖达《正义》引此，云：

> 诗文直陈其事不譬喻者，皆赋辞也。

这“赋”字似乎该出于《左传》的赋诗。《左传》赋诗是自唱或使乐工唱古诗，前文已详。但还有别一义。隐公元年传记郑庄公与母姜氏“隧而相见”云：

公入而赋："大隧之中，其乐也融融。"姜出而赋："大隧之外，其乐也泄泄。"

孔颖达《正义》云："赋诗，谓自作诗也。"又僖公五年传云：

（士蒍）退而赋曰："狐裘尨茸。一国三公，吾谁适从！"

杜注："士蒍自作诗也。"前者是直铺陈其事，后者却以譬喻发端。这许是赋诗的较早一义，也未可知。又《小雅·常棣·正义》引《郑志》答赵商云：

凡赋诗者或造篇，或诵古。

"造篇"除上举二例外，还有卫人赋《硕人》篇，许穆夫人赋《载驰》篇，郑人赋《清人》篇，秦人赋《黄鸟》篇等，却似乎是献诗一类。就中只《黄鸟》篇各章皆用譬喻发端，其馀三篇多是直铺陈其事。至于"诵古"，凡聘问赋诗都是的。"诵"也有"歌"意，《诗经·节南山》"家父作诵"，可证。

郑玄注《周礼》"六诗"，是重义时代的解释。风、赋、比、兴、雅、颂似乎原来都是乐歌的名称，合言"六诗"，正是以声为用。《诗大序》改为"六义"，便是以义为用了。但郑氏训"赋"为"铺"，假借为"铺陈"字，还可见出乐歌的痕迹。《大雅·卷阿》篇有"矢诗不多"一语，据上文"以矢其音"《传》："矢，陈也。"《楚辞·九歌·东君》"展诗兮会舞"，王逸训"展"为"舒"；洪兴祖《补注》："展诗犹陈诗也。""矢诗"、"展诗"也就是"赋诗"，大概"赋"原来就是合唱。古代多合唱，春秋赋诗才多独唱，但乐工赋的时候似乎还是合唱的。不过《大雅·蒸民》篇有云：

> 仲山甫之德，柔嘉维则。……天子是若，明命使赋。
>
> 王命仲山甫……出纳王命，王之喉舌。赋政于外，四方爰发。

前章《传》云："赋，布也。"下章"赋"字，义当相同。春秋列国大夫聘问，也有"赋命"、"赋政"之义，歌诗而称为"赋"，或与此义有相关处，可以说是借诗"赋命"，也就是借诗言志。果然如此，赋比兴的"赋"多少也带上了政治意味，郑氏所注"直铺陈今之政教善恶"，便不是全然凿空立说了。

荀子《赋》篇称"赋"，当也是"自作诗"之义。凡《礼》、《知》、《云》、《蚕》、《箴》五篇及《佹诗》一篇。前五篇像譬喻，又像谜语，只有《佹诗》多"直陈其事"之语。班固《两都赋序》云："赋者，古诗之流也。"王芑孙《读赋卮言导源》篇合解荀、班云：

> 曰"佹"，旁出之辞，曰"流"，每下之说。夫既与诗分体，则义兼比兴，用长箴颂矣。

这里说赋是诗的别体或变体，与赋比兴的"赋"义便无干了。

《汉书》三十《艺文志》云：

> 春秋之后，周道寖坏。聘问歌咏，不行于列国，学诗之士，逸在布衣，而贤人失志之赋作矣。大儒孙卿及楚臣屈原离谗忧国，皆作赋以风，咸有恻隐古诗之义。其后宋玉，唐勒，汉兴枚乘、司马相如下及扬子云，竞为侈丽闳演之词，没其风谕之义。是以扬子悔之曰："诗人之赋丽以则，辞人之赋丽以淫。"

赋的演变成为两派。《两都赋序》又说汉兴以来，言语侍从之臣及公卿大臣作赋，“或以抒下情而通讽谕，或以宣上德而尽忠孝”，是“雅颂之亚”。“孝成之世论而录之，盖奏御者千有馀赋”。赋虽从《诗》出，这时受了《楚辞》的影响，声势大盛，它已离《诗》而自成韵文之一体了。钟嵘《诗品序》以“寓言写物”为赋，便指这种赋体而言。但赋的“自作诗”一义还保存着，后世所谓“赋诗”、“赋得”都指此。《艺文志》分赋为四类。刘师培说“杂赋十二家”是总集，馀三类都是别集。三类之中，“屈平以下二十家，均缘情托兴之作”；“陆贾以下二十一家，均骋辞之作”；“荀卿以下二十五家，均指物类情之作”。汉以后变而又变，又有齐、梁、唐初“俳体”的赋和唐末及宋“文体”的赋。前者“以铺张为靡而专于词”，后者“以议论为便而专于理”。这是所谓“古赋”。唐、宋取士，更有律赋，调平仄，讲对仗，限于八韵。这些又是赋体的分化了。

“比”原来大概也是乐歌名，是变旧调唱新辞。《周礼·大师》郑注云：

> 比见今之失，不敢斥言，取比类以言之。兴见今之美，嫌于媚谀，取善事以喻劝之。

释“比”是演述《诗大序》“主文而谲谏”之意。朱子释《大序》此语，以为“主于文词而托之以谏”；“主文”疑即指比兴。郑氏释兴当也是根据《论语》“兴于诗”“诗可以兴”二语。他又引郑司农（众）云：

> 比者，比方于物也。兴者，托事于物。

《毛诗正义》解“司农”语云：

> “比者，比方于物”，诸言“如”者皆比辞也。
>
> “兴者，托事于物”，则兴者，起也。取譬引类，起发己

心，《诗》文诸举草木鸟兽以见意者，皆兴辞也。

郑玄以美刺分释兴比，但他笺兴诗，仍多是刺意。他自己先不能一致，自难教人相信。《毛诗正义》说：“其实作文之体，理自当然，非有所‘嫌’‘惧’也。”也是不信的意思。这一说可以不论。郑众说太简，难以详考；孔颖达所解，可供参考而已。他以“兴”为“取譬引类”，甚是，但没有确定“发端”一义，还是缠夹不清的。以“诸言‘如’者”为“比”，当本于六朝经说，《文心雕龙·比兴》篇所举“比”的例可见。如此释“比”，界划井然，可是又太狭了。按《诗经》“诸言‘如’者”约一百四十多句，不言“如”，又非兴句，而可知为譬喻者，约一百四十多联（间有单句）——《小雅》中为多。照孔《疏》，这一百四十多联便成了比兴间的瓯脱地，两边都管不着了。这些到底是什么呢？也许孔氏的意见和陈奂一样，将这些联的譬喻都算作“兴”。陈氏曾立了三条例。一是“实兴而《传》不言兴者”，这是根据《郑志》答张逸的话，前已引。许多在篇首的喻联，便这样被算作兴了。二是诸章“各自为兴”。如《齐风·南山》篇，《小雅·白华》篇，除首章为兴外，他说其馀诸章“各自为兴”。这样，许多在章首的喻联也就被算作兴了。三是一章之中，“多用兴体”，如《秦风·蒹葭》篇以及《邶风·匏有苦叶》篇，《小雅·伐木》篇都是的。至如《小雅·鹤鸣》篇，是“全诗皆兴”。那么，许多在章中的喻联又被算作兴了。

他这三条例也有相当的根据。第一例根据《笺》言兴而《传》不言兴的诗，前已论及。但这是《传》疏而《笺》密，后来居上之故。郑氏不愿公然改《传》，所以答张逸说“文义自解，〔《传》〕故不言之”，那是饰词，实不足凭。陈氏却因郑氏说相信那些诗“实兴”，恐怕不是毛氏本意。第二条根据“首章言兴以晐下章”的通例。但那通例实在通不过去。因为好些兴诗都夹着几章赋，而《雅》中兴诗尤多如此，这是没法赅括的。第三例没有明显的根据，也许只因为《传》、《笺》说解这些喻联，与说解兴句的方法和态度是一样的。那确是一样的。这些喻联不常有

《传》，但如《桑柔》五章中“谁能执热，逝不以濯？”《传》解为礼以救乱，见前引。又《鹤鸣》首章末“它山之石，可以为错”《传》云：

> 错，石也，可以琢玉。举贤用滞，则可以治国。（《序》，诲宣王也。）

又《匏有苦叶》篇次章之首“有弥济盈，有鷕雉鸣”《传》云：

> 弥，深水也。盈，满也。深水，人之所难也。鷕，雉鸣声也。卫夫人有淫佚之志，授人以色，假人以辞，不顾礼义之难至，使宣公有淫昏之行。（《序》，刺卫宣公也。公与夫人并为淫乱。）

又《伐柯》篇首章《传》云：

> 伐柯如何？匪斧弗克。（柯，斧柄也。礼义者，亦治国之柄。）取妻如何？匪媒不得。（媒所以用礼也。治国不能用礼则不安。）（《序》，美周公也。周大夫刺朝廷之不知也。）

前两例是隐喻，末一例是显喻。《笺》例太多，从略。这样“以意逆志”，这样穿凿附会，确与说兴诗一样。可是孔《疏》所谓“比”，《传》、《笺》也还是用这种方法与态度说解。现在且还是只引《传》。如《简兮》篇次章之首“有力如虎，执辔如组”《传》云：

> 组，织组也。武力比于虎，可以御乱御众。有文章，言能治众，动于近，成于远也。（《序》，刺不用贤也。卫之贤者仕于伶官，皆可以承事王者也。）

又《大明》篇七章之首“殷商之旅，其会如林。矢于牧野，维予侯兴。”《传》云：

> 旅，众也。如林，言众而不为用也。矢，陈；兴，起也。言天下之望周也。（《序》，文王有明德，故天复命武王也。）

这不也是一样的“以意逆志”，穿凿附会吗？与陈氏（和孔氏？）所谓“兴”有什么区别呢？他那三条例看来还是白费的。那一百四十多联譬喻，和那一百四十多“如”字句，实在是《大序》所谓“比”。那些喻联实在太像兴了，后世总将“比”“兴”连称，也并非全无道理的。“比”，类也，例也。但这个“比”义也当从《左传》来；前引文公七年《传》“君子以〔葛藟〕为比”，便是它的老家。“比”字有乐歌背景、经典根据和政教意味，便跟只是“取也（他）物而以明之”（《墨子·小取》）的“譬”不同。

“兴”似乎也本是乐歌名，疑是合乐开始的新歌。王逸《楚辞章句》说：

> 《离骚》之文，依《诗》取兴，引类譬谕。故善鸟香草以配忠贞，恶禽臭物以比谗佞，“灵修”“美人”以媲于君，“宓妃”“佚女”以譬贤臣，虬龙鸾凤以托君子，飘风云霓以为小人。其词温而雅，其义皎而朗。

所谓“依《诗》取兴”，当是依“思无邪”之旨而取喻；《楚辞》体制与《诗经》不同，不分章，不能有“兴也”的“兴”。朱子《楚辞集注》说：“《诗》之兴多而比赋少，《骚》则兴少而比赋多。”他所举的兴句如《九歌·湘夫人》中的：

> 沅有茝兮醴有兰，思公子兮未敢言。

朱子的“兴”是“托物兴词，初不取义”的，与《毛传》不一样。王氏也说茝兰异于众草，“以兴湘夫人美好亦异于众人”。这里虽用了《毛传》的“兴”字，其实倒是不远人情的譬喻。《楚辞》其实无所谓“兴”。王氏注可也受了“思无邪”一意的影响，自然也不免傅会之处，但与《史记·屈原传》尚合，大体不至于支离太甚。所以直到现在，一般还可接受他的解释。

《楚辞》的“引类譬谕”实际上形成了后世“比”的意念。后世的比体诗可以说有四大类。咏史，游仙，艳情，咏物。咏史之作以古比今，左思是创始的人。《诗品》上说他“得讽谕之致”。何焯《义门读书记·文选第二卷》评张景阳《咏史》云：

> 咏史不过美其事而咏叹之，檃栝本传，不加藻饰，此正体也。太冲多自摅胸臆，乃又其变。

游仙之作以仙比俗，郭璞是创始的人。《诗品》中说他“辞多慷慨，乖远玄宗。……乃是坎壈咏怀，非《列仙》之趣也”。李善《文选注》二十一也说：

> 凡游仙之篇，皆所以滓秽尘网，锱铢缨绂，餐霞倒景，饵玉玄都。而璞之制，文多自叙。虽志狭中区，而辞无（兼）俗累。见非前识，良有以哉。

艳情之作以男女比主臣，所谓遇不遇之感。中唐如张籍《节妇吟》，王建《新嫁娘》，朱庆馀《近试上张水部》，都是众口传诵的。而晚唐李商隐《无题》诸篇，更为煊赫，只可惜喻义不尽可明罢了。咏物之作以物比人，起于六朝。如鲍照《赠傅都曹别》述惜别之怀，全篇以雁为比。又韩愈《鸣雁》述贫苦之情，全篇也以雁为比。这四体的源头都在王注《楚辞》里。只就《离骚》看罢：

汤、禹严而求合兮，挚、咎繇而能调。苟中情其好修兮，又何必用夫行媒！

这不是以古比今么？

前望舒使先驱兮，后飞廉使奔属。鸾皇为余先戒兮，雷师告余以未具。吾令凤鸟飞腾兮，继之以日夜。飘风屯其相离兮，帅云霓而来御。

这不是以仙比俗么？

惟草木之零落兮，恐美人之迟暮。

这不是以男女比君臣么？

余以兰为可恃兮，羌无实而容长。委厥美以从俗兮，苟得列乎众芳。椒专佞以慢慆兮，樧又欲充夫佩帏。既干进而务入兮，又何芳之能祗！

这不是以物比人么？《九章》的《橘颂》更是全篇以物比人的好例。《诗经》中虽也有比体，如《硕鼠》、《鸱鸮》、《鹤鸣》等篇，但是太少，影响不显著。后世所谓“比”，通义是譬喻，别义就是比体诗，却并不指《诗大序》中的“比”。不过谈到《诗经》，以及一些用毛、郑的方法说诗的人，却当别论。说比体诗只是“比”的别义，因为这四类诗，无寓意的固然只能算是别体，有寓意而作得太工了就免不了小气，尤其是后两类，所以也还只能算是别体；而且数量究竟不多。

后世多连称“比兴”，“兴”往往就是“譬喻”或“比体”的“比”，用毛、郑义的绝无仅有。不过“兴”也有两个变义。《刘禹锡集》二十三《董武陵集序》云：

> 诗者，其文章之蕴邪！义得而言丧，故微而难能；境生于象外，故精而寡和。

这可以代表唐人的一种诗论。大约是庄子“得意忘言”和禅家“离言”的影响。所谓言外之意，象外之境，刘氏却没有解释。宋儒提倡道学，也受着道家禅家的影响。他们也说读书只晓得文义是不行的，“必优游涵咏，默识心通，然后能造其微”。《近思录》十四《圣贤气象门》论曾子云：

> 曾子传圣人学。……如言“吾得正而毙”，且休理会文字，只看他气象极好。被他所见处大。后人虽有好言语，只被气象卑，终不类道。

“只看气象”当也是“造微”的一个意思。又朱子论韦应物诗“直是自在，气象近道”。气象是道的表现，也是修养功夫的表现。这意念可见是从“兴于诗”、“诗可以兴”来，不过加以扩充罢了。读诗而只看气象，结果便有两种情形。如黄鲁直《登快阁诗》云：“落木千山天远大，澄江一道月分明。”明周季风作《山谷先生别传》说：“木落江澄，本根独在，有颜子克复之功。”这不是断章取义吗？又如沈德潜《唐诗别裁集·凡例》云：

> 古人之言包含无尽。后人读之，随其性情浅深高下，各有会心。如好《晨风》而慈父感悟，讲《鹿鸣》而兄弟同食，斯为得之。董子曰：“诗无达诂。”此物此志也。

照沈氏说，诗爱怎么理会就可怎么理会，这不是无中生有吗？又如周济《宋四家词选序》云：

> 夫词非寄托不入，专寄托不出。一物一事，引而伸之，触类多通。驱心若游丝之罥飞英，含毫如郢斤之斫蝇翼。以无厚入有间，既习已，意感偶生，假类毕达，阅载千百，謦欬弗违，斯入矣。赋情独深，逐境必寤，酝酿日久，冥发妄中。虽铺叙平淡，摹缋浅近，而万感横集，五中无主。读其篇者临渊窥鱼，意为鲂鲤，中宵惊电，罔识东西。赤子随母笑啼，乡人缘剧喜怒，可谓能出矣。

“能人”是能为人所感，“能出”是能感人。他说善于触类引申的人，读古人词，久而久之，便领会得其中喻义，无所往而不通，而皆合古人之意。这种人自己作词，也能因物喻志，教读者惝怳迷离，只跟着他笑啼喜怒。他说的是词中的情理，悲者读之而亦悲，喜者读之而亦喜，所谓合于古人者在此。至于悲喜的对象，则读者见仁见智，不妨各有会心。这较沈氏说为密，而大旨略同。后来谭献在《周氏词辩》中评语有“作者未必然，读者何必不然？”的话，那却是就悲喜的对象说了。但这里的断章取义，无中生有，究竟和《毛诗》不大一样。触类引申的结果还不至于离开人情太远了。而且《近思录》和沈、周两家，差不多明说所注重的是读者的受用而不是诗篇的了解，这也就没什么毛病了。以上种种都说的是“言外之义”，我们可以叫做“兴象”。

汉末至晋代，常以形似语“题目”人，如《世说》一郭林宗（泰）曰：“叔度（黄宪）汪汪如万顷之陂，澄之不清，扰之不浊。”后来又用以论诗文，如《诗品》上引李充《翰林论》，论潘岳“翩翩然如翔禽之有羽毛，衣服之有绡縠”。到了唐末，司空图以味喻诗，以为所贵者当在咸酸之外，所谓味外味。又作《二十四诗品》，集形似语之大成。南宋敖陶孙《诗评》，也专用形似语评历代诗家。到了借禅喻诗的严羽又提出“兴趣”一义。《沧浪诗话·诗辩》云：

> 夫诗有别材，非关书也。诗有别趣，非关理也。……诗者，吟咏情性也。盛唐诸人惟在兴趣。羚羊挂角，无迹可求。故其妙处透彻玲珑，不可凑泊，如空中之音，相中之色，水中之月，镜中之象，言有尽而意无穷。

其《诗评》中又云：

> 诗有辞、理、意兴。南朝人尚辞而病于理。本朝人尚理而病于意兴。唐人尚意兴而理在其中。汉、魏之诗，辞、理、意兴，无迹可求。

所谓“别趣”、“意兴”、“兴趣”，都可以说是象外之境。这种象外之境，读者也可触类引申，各有所得；所得的是感觉的境界，和前一义之为气象情理者不同。但也当以“人情不远”为标准。清代金圣叹的批评颇用“兴趣”这一义。但如他评《西厢记》第一本《张君瑞闹道场第四折》一节话（金本题为《闹斋》），却是极端的例子。这一折第一曲《双调新水令》，张生唱云：

> 梵王宫殿月轮高，碧琉璃瑞烟笼罩。香烟云盖结，讽咒海波潮，幡影飘飖，诸檀越尽来到。

金氏在曲前评云：

> 吾友斫山先生尝谓吾言：“匡庐真天下之奇也。江行连日，初不在意。忽然于晴空中劈插翠嶂，平分其中，倒挂匹练。舟人惊告，此即所谓庐山也者。而殊未得至庐山也。更行两日而渐乃

不见，则反已至庐山矣！”吾闻而甚乐之，便欲往观之，而迁延未得也。……然中心则殊无一日曾置不念，以至夜必形诸梦寐。常不一日二日必梦见江行如驶，仰睹青芙蓉上插空中，一一如斫山言。寤而自觉，遍身皆畅然焉。

后适有人自西江来，把袖急叩之。则曰“无有是也”。吾怒曰：“彼伧固不解也！”后又有人自西江来，又把袖急叩之。又曰“无有是也”。吾怒曰：“此又一伧也！”既而人苟自西江来，皆叩之。则言“然”“不然”各半焉。吾疑，复问斫山。斫山哑然失笑，言：“吾亦未尝亲见。昔者多有人自西江来，或言如是云，或亦言不如是云。然吾于言如是者即信之；言不如是者，置不足道焉。何则？夫使庐山而诚如是，则是吾之信其人之言为真不虚也。设苟庐山而不如是，则天地之过也。诚以天地之大力，天地之大慧，天地之大学问，天地之大游戏，即亦何难设此一奇以乐我后人，而顾吝不出此乎哉！”

吾闻而又乐之。中心忻忻，直至于今。不惟必梦之，盖日亦往往遇之。吾于读《左传》往往遇之，吾于读《孟子》往往遇之，吾于读《史记》、《汉书》往往遇之。吾今于读《西厢》亦往往遇之。何谓于读《西厢》亦往往遇之？如此篇之初，《新水令》之第一句云：“梵王宫殿月轮高”，不过七字也。然吾以为真乃“江行初不在意”也，真乃“晴空劈插奇翠”也，真乃“殊未至于庐山”也，真乃“至庐山即反不见”也！真“大力”也，真“大慧”也，真“大游戏”也，真“大学问”也！盖吾友斫山之所教也。吾此生亦已不必真至西江也，吾此生虽然终亦不到西江，而吾之熟睹庐山，亦未厌也！庐山真天下之奇也！

他在曲后又评，说这一句是写张生原定次早借上殿拈香看莺莺，但他心急如火，头一晚就去殿边等着了。不过原文张生唱前有白云：“今日二月十五日，和尚请拈香，须索走一遭”，明是早上。曲文下句“碧琉璃瑞烟笼罩”，明说有了香烟。再下语意更明。“月轮高”只是月还未落，以见其早，并非晚上。金氏说的真可算得“以文害辞”“以辞害志”了。

四　比兴论诗

最初怀疑比兴的作用的是钟嵘。《诗品序》云：

> 若专用比兴，则患在意深；意深则词踬。若但用赋体，则患在意浮；意浮则文散。嬉成流移，文无止泊，有芜漫之累矣。

他说的是专用比兴或专用赋的毛病，但也是第一个人指出“意深”、“词踬”是比兴的毛病。同时刘勰论兴，也说是“明而未融，故发注而后见”。清陈沆作《诗比兴笺》，魏源序有云：

> 由汉以降，变为五言。古诗十九章，多枚叔之词。乐府鼓吹曲千馀章，皆《骚》、《雅》之旨。张衡《四愁》，陈思《七哀》；曹公苍莽，“对酒当歌”，有风云之气。嗣后阮籍、傅玄、鲍明远、陶渊明、江文通、陈子昂、李太白、韩昌黎皆以比兴为乐府琴操，上规正始。视中唐以下纯乎赋体者，固古今升降之殊哉！

他将“比兴”的价值看得高于赋。这是陈子昂、李白、白居易、朱子等人的影响。又说诗到中唐以后，纯乎赋体，以前是还用着“比兴”的。但汉乐府赋体就很多，陶、谢也以赋体为主，杜、韩更是如此。看魏氏只能选出少数的例子，不能作概括的断语，便知是作序体例，不得不说几句切题的话，事实并不然的。而他所谓“比兴”也绝非毛、郑义，只是后世所称“比兴”罢了。

黄侃《文心雕龙札记·比兴》有论“兴义罕用”的话，最为明通。他说：

> 夫其取义差在毫厘，会情在乎幽隐，自非受之师说，焉得以意推寻！彦和谓“明而未融，发注后见”，冲远（孔颖达）谓“毛公特言，为其理隐”，诚谛论也。孟子云：学诗者“以意逆志”。此说施之说解已具之后，诚为谠言。若乃兴义深婉，不明诗人本所以作，而辄事探求，则穿凿之弊固将滋多于此矣。
>
> 自汉以来，词人鲜用兴义。固缘诗道下衰，亦由文词之作，趣以喻人。苟览者恍惚难明，则感动之功不显。用比忘兴，势使之然。虽相如、子云，末如之何也！然自昔名篇，亦或兼存“比兴”。及时世迁贸，而解者祇益纷纭。一卷之诗，不胜异说。九原不作，烟墨无言。是以解嗣宗之诗，则首首致讥禅代；笺少陵之作，则篇篇系念朝廷。虽当时未必不托物以发端，而后世则不能离言而求象。由此以观，用比者历久而不伤晦昧，用兴者说绝而立致辨争。当其览古，知兴义之难明；及其自为，亦遂疏兴义而希用。此兴之所以浸微浸灭也。

从黄氏的话推论，我们可以说《诗经》兴句虽然大部分是譬喻，而《传》、《笺》兴义却未必是“作诗者之意”，因为那样作诗，是会教“览者恍惚难明”的。《传》、《笺》所说若不是“作诗者之意”，是否也不免“穿凿之弊”，也不免“离言而求象”呢？黄氏大约不这样想。他跟一般好古的人一样，总以为毛、郑去古未远，“受之师说”，当然可信；所谓“说解已具”，正指《传》、《笺》而言。后世学无专家，“师说”不存，再用《传》、《笺》中“以意逆志”的方法去说诗，那当然是不成的。不过黄氏所谓“比”也还是后世的“比”。《传》、《笺》里那样的“比”，其实也是教“览者恍惚难明”的。

可是后世用“比兴”说诗的还有不少。开端的是宋人。这可分为两类。一类可以说是毛、郑的影响，不过破碎支离，变本加厉。如《诗人玉屑》九“托物”条引梅尧臣（？）《续金针诗格》解杜甫《早朝》诗句云：

如“旌旗日暖龙蛇动，宫殿风微燕雀高”，旌旗喻号令，日暖喻明时，龙蛇喻君臣。言号令当明时，君所出，臣奉行也。宫殿喻朝廷，风微喻政教，燕雀喻小人。言朝廷政教才出而小人向化，各得其所也。

这不是无中生有吗！《玉屑》所谓“托物”有时指后世所谓“比”，有时兼包后世所谓“比兴”而言。世传唐、宋人诗格一类书里，像这样无中生有的解说诗句或诗中物象的很多，似乎是一时风气。但这种解说显然“穿凿”，显然“离言而求象”，而诗格一类书，既多伪作，又托体太卑，所以不为人重视。谢枋得注解章泉（赵蕃）、涧泉（韩淲）二先生《选唐诗》，也偶然用这样方法，但很少，当也是诗格一类书的影响。另一类是系统的用赋比兴或“比兴”说诗，朱子《楚辞集注》是第一部书；他用《诗集传》的办法将《楚辞》各篇分章注明赋比兴。不过他所谓“比”“兴”与毛、郑不尽同。他答巩仲至（丰）书（《集》六十四）中又说：

古今之诗凡有三变。盖书传所记虞、夏以来下及魏、晋，自为一等。自晋、宋间颜、谢以后下及唐初，自为一等。自沈、宋以后定著律诗下及今日，又为一等。……故尝妄欲抄取经史诸书所载韵语，下及《文选》、汉魏古词，以尽乎郭景纯、陶渊明之所作，自为一编而附于《三百篇》、《楚辞》之后，以为诗之根本准则。又于其下二等之中择其近于古者，各为一编，以为之羽翼舆卫；其不合者，则悉去之。

但他只作了《诗集传》、《楚辞集注》，以下三编都未成书。元代有个刘履，继承朱子的志愿，编了一套《风雅翼》。这里面包括《选诗补注》，以昭明所选为主，加以删补；“至其注释，则以〔朱子〕传《诗》、注《楚辞》者为成法。”但四言有时还分章说，五言却以篇为单位。又有《选诗补遗》，选拔“唐、虞而降以至于晋，凡古歌辞之散见于传记诸子集者”。又有《选诗续编》，“乃李唐、赵宋诸作”。《四库提要·总集类》三论此书云：

> 至于以汉、魏篇章强分“比兴”，尤未免刻舟求剑，附合支离。朱子以是注《楚辞》，尚有异议，况又效西子之颦乎？以其大旨不失于正而亦不至全流于胶固，又所笺释评论亦颇详赡，尚非枵腹之空谈……固不妨存备参考焉。

这里所谓“未免刻舟求剑，附合支离”，“而亦不至全流于胶固，又所笺释评论亦颇详赡”，我们现在也不妨移作《楚辞集注》的评语。这一类价值自然比前一类高得多。

还有前面提过的陈沆《诗比兴笺》，专说“比兴”的诗，与朱子等又略有不同。魏源序说他“以笺古诗三百篇之法，笺汉、魏、唐之诗，使读者知‘比兴’之所起，即知志之所之也”。他的书叫做“笺”，当是上希《郑笺》的意思。各诗并不分别注明比兴，只注重在以史证诗。看来他所谓“比兴”是分不开的，其实只是《诗大序》的“比”。他的取喻倒真是毛、郑的系统，非诗格诸书模糊影响者所可并论。毛、郑的权威既然很大，他这部书就也得着不少的尊重。在陈沆以前，张惠言《词选》也以毛、郑的方法说词。《词选》序云：

> 传曰：“意内而言外谓之词。”其缘情造端，“兴”于微言，以相感动。极命风谣里巷男女哀乐，以道贤人君子幽约怨悱不能自言之情。低徊要眇，以喻其致。盖《诗》之“比兴”变风之义。骚人之歌则近之矣。

书中解释也屡用“兴”字。如温庭筠《更漏子》第一首下云：“‘惊塞雁’三句言欢戚不同，‘兴’下‘梦长君不知’也。”又晏殊《踏莎行》下云：“此词亦有所‘兴’，其欧公《蝶恋花》之流乎？”按宋罗大经《鹤林玉露》（四）论辛弃疾《菩萨蛮·书江西造口壁》云：“南渡之初，虏人追隆祐太后御舟至造口，不及而还。幼安自此起兴。”又陈鹄《耆旧续闻》（二）论苏轼黄州所作《卜算子词》，以为“拣尽寒枝不肯栖”是“取兴鸟择木之意”。是宋人已有以“比兴”论词的。到了张氏，才更发挥光大，词体于是乎也“尊”起来了。

至于论诗，从唐以来，“比兴”一直是最重要的观念之一。后世所谓“比兴”虽与毛、郑不尽同，可是论诗的人所重的不是“比”、“兴”本身，而是诗的作用。白居易是这种诗论最重要的代表。他在《与元九书》中说从周衰秦兴，六义渐微，到了六朝，大家“嘲风雪，弄花草”，六义尽去。唐兴二百年，诗人不可胜数，“索其风雅比兴，十无一焉”。就是杜甫，“撮其《新安吏》、《石壕吏》、《潼关吏》、《芦子》、《留花门》之章，‘朱门酒肉臭，路有冻死骨’之句，亦不过十三四首”。这是“诗道崩坏”。他说诗歌应该上以“补察时政”，下以“泄导人情”，又说：“歌诗合为事而作”。又说他作谏官时，“月请谏纸。启奏之外，有可以救济人病，裨补时阙，而难于指言者，辄咏歌之，欲稍稍进闻于上。”他将自己的诗分为四类，第一类便是“讽谕诗”。他说：

> 自拾遗来，凡所遇所感关于美刺比兴者，又自武德讫元和，因事立题，题为“新乐府”者，共一百五十首，谓之讽谕诗。

第二类是“闲适诗”。他接着说：

> 又或退公独处，或移病闲居，知足保和，吟玩性情者，一百首，谓之闲适诗。

他又说：

> 故仆志在兼济，行在独善，奉而始终之则为道，言而发明之则为诗。谓之“讽谕诗”，兼济之志也。谓之“闲适诗”，独善之义也。故览仆诗，知仆之道焉。

这简直可以说是诗以明道了。“兼济”和“独善”都是道，所以上以“补察时政”，下以“泄导人情”，都是诗歌的作用。但可以注意的是，他的“讽谕诗”里只有一部分是后世所谓“比兴”，大多数还是赋体，《新乐府》是的，“所遇所感”诸篇中一部分也是的。而《长恨歌》、《琵琶行》等赋体诗，为当时及后世所传诵的，却并不在“讽谕诗”而在“感伤诗”里。更可以注意的是，他说“风雅比兴”，又说“美刺比兴”，“风雅”和“美刺”可不都包括赋体诗在内吗！原来《毛传》、《郑笺》虽为经学家所尊奉，文士作诗，却从不敢如法炮制，照他们的标准去用譬喻。因为那么一来，除非自己加注，恐怕就没人懂。建安以来的作家，可以说没有一个用过《传》、《笺》式的“比兴”作诗的。用《楚辞》式的譬喻作诗的倒有的是，阮籍是创始的人。不过这一种，连后来的比体在内，也还是不多。赋体究竟是大宗。赋体诗中间却不短譬喻，后世的“比”就以这种譬喻为多。就这种“比”及比体诗加以触类引申，便是后世的“兴”了。这样，后世论诗所说的“比兴”并不是《诗大序》的“比”“兴”了。可是《大序》的主旨，诗以“经夫妇，成孝敬，厚人伦，美教化，移风俗”，“发乎情，止乎礼义”，却始终牢固的保存着。这可以说是“诗教”，也可以说是“诗言志”或诗以明道。代表这意念的便是白氏所举“风雅”、“比兴”、“美刺”三个名称。不过“风雅”和“美刺”既然都兼包赋比兴而言，而赋是“直陈其事”，不及“比兴”“主文而谲谏，言之无罪，闻之者足以戒”，所以白氏以后，“比兴”这名称用得最多。那么，论诗尊“比兴”，所尊的并不全在“比”、“兴”本身价值，而是在“诗以言志”、诗以明道的作用上了。明白了这一层，像谭献《箧中词》（五）评蒋春霖《扬州慢》词，竟说“赋体至此，转高于比兴”，就毫不足怪了。

诗　教

一　六艺之教

“诗教”这个词始见于《礼记·经解》篇：

> 孔子曰：“入其国，其教可知也。其为人也温柔敦厚，《诗》教也。疏通知远，《书》教也。”广博易良，《乐》教也。絜静精微，《易》教也。恭俭庄敬，《礼》教也。属辞比事，《春秋》教也。故《诗》之失愚，《书》之失诬，《乐》之失奢，《易》之失贼，《礼》之失烦，《春秋》之失乱。
>
> “其为人也温柔敦厚而不愚，则深于《诗》者也。疏通知远而不诬，则深于《书》者也。广博易良而不奢，则深于《乐》者也。絜静精微而不贼，则深于《易》者也。恭俭庄敬而不烦，则深于《礼》者也。属辞比事而不乱，则深于《春秋》者也。”

《经典释文》引郑玄说：“《经解》者，以其记六艺政教得失。”这里论的是六艺之教；《诗》教虽然居首，可也只是六中居一。《礼记》大概是汉儒的述作，其中称引孔子，只是儒家的传说，未必真是孔子的话。而这两节尤其显然。《淮南子·泰族》篇也论六艺之教，文极近似，不说出于孔子：

> 六艺异科而皆同道（《北堂书钞》九十五引作“六艺异用而皆通”）。温惠柔良者，《诗》之风也。淳庞敦厚者，《书》之教也。清明条达者，《易》之义也。恭俭尊让者，《礼》之为也。宽裕简易者，《乐》之化也。刺几（讥）辩义（议）者，《春秋》之靡也。故《易》之失鬼，《乐》之失淫，《诗》之失愚，《书》之失拘，《礼》之失忮，《春秋》之失訾。六者圣人兼用而财（裁）制之。失本则乱，得本则治。其美在调，其失在权。

“六艺”本是礼、乐、射、御、书、数，见《周官·保氏》和《大司徒》；汉人才用来指经籍。所谓“六艺异用而皆通”，冯友兰先生在《原杂家》里称为“本末说的道术统一论”；也就是汉儒所谓“六学”。六艺各有所以为教，各有得失，而其归则一。《泰族》篇的“风”、“义”、“为”、“化”、“靡”其实都是“教”；《经解》一律称为“教”，显得更明白些。《经解》篇似乎写定在《淮南子》之后，所论六艺之教比《泰族》篇要确切些。《泰族》篇“诗风”和“书教”含混，《经解》篇便分得很清楚了。

汉儒六学，董仲舒说得很明白，《春秋繁露·玉杯》篇云：

> 君子知在位者之不能以恶服人也，是故简六艺以赡养之。《诗》《书》序其志，《礼》《乐》纯其养，《易》《春秋》明其知。“六学”皆大，而各有所长。《诗》道志，故长于质。《礼》制节，故长于文。《乐》咏德，故长于风。《书》著功，故长于事。《易》本天地，故长于数。《春秋》正是非，故长于

治人。能兼得其所长，而不能遍举其详也。

他将六艺分为“《诗》《书》”、“《礼》《乐》”、“《易》《春秋》”三科，又说“六学皆大，而各有所长”，可见并不特别注重诗教，和《经解》篇、《泰族》篇是相同的。《汉书》八十八《儒林传叙》也道：

古之儒者博学虖六艺之文。六艺（原作“学”，从王念孙《读书杂志》校改）者，王教之典籍，先圣所以明天道、正人伦、致至治之成法也。……及至秦始皇……六学从此缺矣。……

这就是“异科而皆同道”了。六艺中早先只有“《诗》《书》《礼》《乐》”并称。《论语·述而》：“《诗》《书》执礼，皆雅言也”，《泰伯》：“兴于《诗》，立于礼，成于乐”；前者《诗》《书》和《礼》并称，后者《诗》和《礼》《乐》并称。《庄子·徐无鬼》篇：“横说之则以《诗》《书》《礼》《乐》”，《荀子·儒效》篇：“故《诗》《书》《礼》《乐》之〔道〕归是矣”（从王先谦《荀子集解》引刘台拱说加“道”字）；“《诗》《书》《礼》《乐》”已经是成语了。《诗》《书》《礼》《乐》加上《易》《春秋》，便是“六经”，也便是六艺。《庄子·天运》篇和《天下》篇都曾列举《诗》《书》《礼》《乐》《易》《春秋》，前者并明称“六经”，《荀子·儒效》篇的另一处却只举《诗》《书》《礼》《乐》《春秋》，没有《易》；可见那时“六经”还没有定论。段玉裁《说文解字叙注》里谈到这一层：

周人所习之文，以《礼》《乐》《诗》《书》为急。故《左传》曰：“说《礼》《乐》而敦《诗》《书》”，《王制》曰：“春秋教以《礼》《乐》，冬夏教以《诗》《书》”。而《周易》，其用在卜筮，其道取精微，不以教人。《春秋》则列国掌

> 于史官，亦不以教人。故韩宣子适鲁，乃见《易》象与鲁《春秋》；此二者非人所常习明矣。

段氏指出《易》《春秋》不是周人所常习，确切可信。不过周人所习之文，似乎只有《诗》《书》；礼乐是行，不是文。《礼古经》等大概是战国时代的记载，所以孔子还只说“执礼”；乐本无经，更是不争之论。而《诗》在乐章，古籍中屡称“诗三百”，似乎都是人所常习；《书》不便讽诵，又无一定的篇数，散篇断简，未必都是人所常习。《诗》居六经之首，并不是偶然的。

董仲舒承用旧来六经的次序而分《诗》《书》、《礼》《乐》、《易》《春秋》为三科，合于传统的发展。西汉今文学序列六艺，大致都依照旧传的次第。这次第的根据是六学发展的历史。后来古文学兴，古文家根据六艺产生的时代重排它们的次序。《易》的八卦，传是伏羲所画，而《书》有《尧典》，这两者该在《诗》的前头。所以到了《汉书·艺文志》，六艺的次序便变为《易》、《书》、《诗》、《礼》、《乐》、《春秋》；《儒林传》叙列传经诸儒，也按着这次序。《诗经》改在第三位。一方面西汉阴阳五行说极盛。汉儒本重通经致用；这正是当世的大用，大家便都偏着那个方向走。于是乎《周易》和《尚书·洪范》成了显学。而那时整个的六学也多少都和阴阳五行说牵连着；一面更都在竭力发挥一般的政教作用。这些情形，看《汉书·儒林传》就可知道：

> 《易》宣帝时，闻京房为《易》明，求其门人得〔梁丘〕贺。……贺入说，上善之；以贺为郎。……以筮有应，繇是近幸，为大中大夫、给事中，至少府。……京房……以明灾异得幸。……费直……治《易》为郎，至单父令。长于卦筮。高相……治《易》……专说阴阳灾异。
>
> 《书》许商……善为算，著《五行论历》。李寻……善说灾异，为骑都尉。

《诗》申公……见上，上问治乱之事。申公……对曰：“为治者不在多言，顾力行何如耳。”……即以为大中大夫……议明堂事。……弟子为博士十馀人……其治官民，皆有廉节，称其学官。王式……为昌邑王师。昭帝崩，昌邑王嗣立，以行淫乱废。昌邑群臣皆下狱诛。唯中尉王吉、郎中令龚遂以数谏减死论。式系狱当死。治事使者责问曰：“师何以亡谏书？”式对曰：“臣以《诗》三百五篇朝夕授王，至于忠臣孝子之篇，未尝不为王反复诵之也；至于危亡失道之君，未尝不流涕为王深陈之也。臣以三百五篇谏，是以亡谏书。”使者以闻，亦得减死论。

《礼》鲁徐生善为颂（容）。孝文时，徐生以颂为礼官大夫。传……孙延、襄。……襄亦以颂为大夫，至广陵内史。延及徐氏弟子公户满意、桓生、单次皆为礼官大夫。而瑕丘萧奋以《礼》至淮阳太守。

《春秋》眭孟……为符节令，坐说灾异诛。

这里《易》《书》《春秋》三家都说“阴阳灾异”。而见于别处的，《齐诗》说“五际”，《礼》家说“明堂阴阳”，也一道同风。这也是所谓“异科而皆同道”，不过是另一方面罢了。

“阴阳灾异”是所谓天人之学；是阴阳家言，不是儒家言。汉儒推尊孔子，究竟不能不维持儒家面目，不能奉阴阳家为正传；所以一般立说，还只着眼在人事的政教上。前节所引《儒林传》，《易》主卜筮，《诗》当谏书，《礼》习容仪，正是一般的政教作用。而《书》“长于事”。《尚书大传》记子夏对孔子论《书》道：“《书》之论事也，昭昭若日月之代明，离离若参辰之错行。上有尧、舜之道，下有三王之义。”这几句话可以说明所谓《书》教。《春秋》“长于治人”。《春秋繁露·精华》篇：“《春秋》之听狱也，必本其事而原其志。志邪者不待成，首恶者罪特重，本直者其论轻。……听讼折狱，可无审邪！”《汉书》三十《艺文志》有“《公羊董仲舒治狱》十六篇”。《后汉书》七十八《应劭传》记着应劭的话："董仲舒老病致仕，朝廷每有政议，数遣廷尉张汤亲至陋巷问其得失。于是作《春秋决狱》二百三十二事，动以经对。"这就是《春秋》之教。这些是所谓六学，"异科而皆同道"所指的以这些为主。就这六学而论，应用最广的还得推《诗》。《诗》《书》传习比《礼》《易》《春秋》早得多，上文已见。阮元辑《诗书古训》六卷，罗列先秦、两汉著述中引用《诗》《书》的章节；《续经解》本分为十卷，《诗》占七卷，《书》只有三卷。可见引《诗》的独多。这有三个原故：《汉书·艺文志》云："凡三百五篇，遭秦而全者，以其讽诵，不独在竹帛故也。"《诗》因讽诵而全，因讽诵而传，更因讽诵而广传。《周易》也并无亡佚，《汉书·儒林传叙》云："及秦禁学，《易》为卜筮之书，独不禁，故传受者不绝。"可是《易》在汉代虽然成了显学，流传之广到底不如《诗》。这就因为《诗》一向是讽诵在人口上的。清劳孝舆《春秋诗话》卷三论引诗道：

> ［春秋时］自朝会聘享以至事物细微，皆引《诗》以证其得失焉。大而公卿大夫，以至舆台贱卒（？），所有论说，皆引《诗》以畅厥旨焉。……可以诵读而称引者，当时止有《诗》《书》。然《传》之所引，《易》乃仅见，《书》则十之二三。若夫《诗》，则横口之所出，触目之所见，沛然决江河而出之者，皆其肺腑中物，梦寐间所呻吟也。
>
> 岂非《诗》之为教所以浸淫人之心志而厌饫之者，至深远而无涯哉？

这里所说的虽然不尽切合当日情形，但《诗》那样的讽诵在人口上，确是事实。——除了无亡佚和讽诵两层，诗语简约，可以触类引申，断章取义，便于引证，也帮助它的流传。董仲舒说："《诗》无达诂，《易》无达占，《春秋》无达辞"，是就解经论，不就引文论。——王应麟以为"《诗》无达诂"就是《孟子》的"不以文害辞，不以辞害志"，是不错的。——就引文论，像《诗》那样富于弹性，可以说是独一无二的。

二 著述引诗

言语引《诗》，春秋时始见，《左传》里记载极多。私家著述从《论语》创始；著述引《诗》，也就从《论语》起始。以后《墨子》和《孟子》也常引《诗》，而《荀子》引《诗》独多。《荀子》引《诗》，常在一段议论之后，作证断之用，也比前人一贯。荀子影响汉儒最大。汉儒著述里引《诗》，也是学他的样子；汉人的《诗》教，他该算是开山祖师。汪中《述学·荀卿子通论》云：

> 荀卿之学，出于孔氏，而尤有功于诸经。《经典叙录》："《毛诗》……一云，子夏传曾申。……根牟子传赵人孙卿子。孙卿子传鲁人大毛公。"由是言之，《毛诗》，荀卿子之传也。《汉书·楚元王交传》："少时尝与鲁穆生、白生、申公同受诗于浮邱伯。伯者，孙卿门人也。"……由是言之，《鲁诗》，荀卿子之传也。《韩诗》之存者《外传》而已。其引荀卿子以说《诗》者四十有四。由是言之，《韩诗》，荀卿子之别子也。……盖自七十子之徒既殁，汉诸儒未兴，中更战国暴秦之乱，六艺之传赖以不绝者，荀卿也。

荀子其实是汉人六学的开山祖师。而四家《诗》除《齐诗》外都有他的传授，可见他在《诗》学方面的影响更大。四家中《毛诗》流传较晚，鲁、齐、韩别称三家《诗》。《史记》一二一《儒林传》说："韩生推诗之意而为《内外传》数万言，其语颇与齐、鲁间殊，然其归一也。"《齐诗》虽然多采阴阳五行说，而"其归"还在政教。《毛诗》因为与经传诸子密合，为人所重，不用说更其如此。陈乔枞在《韩诗遗说考序》里先引了

《史记·儒林传》“其归一也”的话，接着道：

> 今观《外传》之文，记夫子之绪论与春秋杂说，或引《诗》以证事，或引事以明《诗》，使“为法者章显，为戒者著明”（郑玄《诗谱序》语）。虽非专于解经之作，要其触类引伸，断章取义，皆有合于圣门商、赐言《诗》之义也。况夫微言大义往往而有，上推天人性理，明皆有仁义礼智顺善之心；下究万物情状，多识于鸟兽草木之名。考风雅之正变，知王道之兴衰，固天命性道之蕴而古今得失之林邪？

这段话除一二处外可以当作四家《诗》的总论看，也可以当作著述引《诗》的总论看，也可以当作汉人《诗》教的总论看。

汉人著述引《诗》，当推刘向为最。他世习《鲁诗》。《汉书》三十六本传云：

> 向睹俗弥奢淫，而赵、卫之属起微贱，逾礼制；向以为王教由内及外，自近者始。故采取《诗》《书》所载贤妃贞妇兴国显家可法则，及孽嬖乱亡者，序次为《列女传》凡八篇，以戒天子；及采传记行事，著《新序》、《说苑》凡五十篇，奏之。

他这三部书多“引《诗》以证事，或引事以明《诗》”，而《列女传》引《诗》更为繁密。《汉书》本传中存着他的封事、奏、疏五篇，一篇谏造陵，别篇都论灾异。各篇屡屡引《诗》，繁密不下于《列女传》。他的用意无非要“使为法者章显，为戒者著明”。他家著述引《诗》，引申或有广狭，用意也都不外乎此。阮元《诗书古训序》云：

> 《诗》三百篇，《尚书》数十篇，孔、孟以此为学，以此为教。故一言一行皆深奉不疑。即如孔子作《孝经》，子思作

> 《中庸》，孟子作七篇，多引《诗》《书》以为证据。若曰，世人亦知此事之义乎？《诗》曰某某即此也。否则尚恐自说有偏弊，不足以训于人。……元录《诗书古训》……乃总《论语》、《孝经》、《孟子》、《礼记》、《大戴记》、《春秋》三传、《国语》、《尔雅》十经。……降至《国策》，罕引《诗》《书》。……汉兴……《诗》《书》复出，朝野诵习，人心反正矣。子史引《诗》《书》者，多存古训。……以晋为断。盖因汉、晋以前，尚未以二氏为训，所说皆在政治言行，不尚空言也。

所谓“以此为学，以此为教，故一言一行皆深奉不疑”，以及“多引《诗》《书》以为证据”，正可见出段玉裁说的《诗》《书》是周人所常习。“所说皆在政治言行”是征引《诗》《书》的用意所在，也就是《诗》《书》之教。《诗》《书》之教，浑言之“异科而皆同道”，析言之又各有分别。现在单论汉人引《诗》，以著述为主，略为归类，看看所谓《诗》教的背景是什么样子。

阮元只概括地举出“政治言行”，我们看著述引《诗》要算宣扬德教的为最多。德教属于言行，可也包括在广义的政治里。如《韩诗外传》五云：

> 德也者，包天地之大，配日月之明，立乎四时之周，临乎阴阳之交，寒暑不能动也，四时不能化也。敛乎太阴而不湿，散乎太阳而不枯，鲜洁清明而备，严威毅疾而神，至精而妙乎天地之间者，德也。微圣人，其孰能与于此矣！《诗》曰：“德輶如毛，民鲜克举之。”（《大雅·烝民》）

这是陈乔枞所谓微言大义，也是引《诗》断案。又如《列女传》三《鲁漆室女传》云：

漆室女曰："夫鲁国有患者，君臣父子皆被其辱，祸及众庶。妇人独安所避乎！吾甚忧之。"……君子曰：远矣漆室女之思也。《诗》云："知我者谓我心忧，不知我者谓我何求"（《王风·黍离》），此之谓也。

这里赞叹漆室女忧国的美德，是"引《诗》以证事"。又同书四《卫宣夫人传》云：

弟立，请曰："卫，小国也，不容二庖，请愿同庖。"终不听。卫君使人愬于齐兄弟。齐兄弟皆欲与君，使人告女。女终不听，乃作诗曰："我心匪石，不可转也。我心匪席，不可卷也。"（《邶风·柏舟》）

这里说《邶风·柏舟》是"贞一"的卫宣夫人所作，是"引事以明《诗》"。次于德教的是论政治的引《诗》。如《春秋繁露》十六《山川颂》云：

且积土成山，无损也成其高，无害也成其大，无亏也小其上，泰其下。久长安后世，无有去就，俨然独处，惟山之意。《诗》云："节彼南山，惟石岩岩。赫赫师尹，民具尔瞻"（《小雅·节南山》），此之谓也。

这是以山象征领袖的气象。又如《新书·礼》篇云：

故礼者，所以恤下也。……《诗》曰："投我以木瓜，报之以琼琚。匪报也，永以为好也。"（《卫风·木瓜》）上少投之，则下以躯赏矣。弗敢谓报，愿长以为好；古之蓄其下者，其施报如此。

这是论待臣下的道理，所谓触类引申。又如《汉书》六《武帝纪》元狩元年诏云：

> 盖君者，心也，民犹肢体。支体伤则心惨怛。日者淮南、衡山修文学，流货赂，两国接壤，怵于邪说而造篡弑。此朕之不德。《诗》云："忧心惨惨，念国之为虐。"（《小雅·正月》）已赦天下，涤除与之更始。

诏书引《诗》自责，汉代用《诗》之广可见。又《后汉书》八十七《刘陶传》，陶上议云：

> 臣尝诵《诗》至于鸿雁于野之劳，哀勤百堵之事（《小雅·鸿雁》："之子于征，劬劳于野"，"之子于垣，百堵皆作"），每喟尔长怀，中篇而叹。近听征夫饥劳之声，甚于斯歌。悼古伤今，蔼然仁者之言，可作"温柔敦厚"的一条注脚。

引《诗》论学养的也不少。如《礼记·大学》云：

> 《诗》云："瞻彼淇澳，菉竹猗猗。有斐君子，如切如磋，如琢如磨。瑟兮僩兮！赫兮喧兮！有斐君子，终不可谖兮！"（《卫风·淇澳》）"如切如磋"者，道学也。"如琢如磨"者，自修也。"瑟兮僩兮"者，恂慄也。"赫兮喧兮"者，威仪也。"有斐君子，终不可谖兮"者，道盛德至善，民之不能忘也。

切磋琢磨，久已成为进德修业的格言，也可见《诗》教的广远了。又如《韩诗外传》三云：

问者曰："夫仁者何以乐于山也？"曰："夫山者，万民之所瞻仰也。草木生焉，万物植焉，飞鸟集焉，走兽休焉，四方益取与焉。出云道风，嵸乎天地之间。天地以成，国事以宁。此仁者所以乐于山也。《诗》曰：'太山岩岩，鲁邦所瞻'（《鲁颂·閟宫》），乐山之谓也。"

"仁者乐山"原是孔子的话（《论语·雍也》），这里是断章取义，以见仁者的修养与气度。引《诗》也是断章取义的作证。这一节可以跟前面引的《山川颂》比较着看。又《韩诗外传》二云：

上之人所遇，色为先，声音次之，事行为后。故望而宜为人君者，容也。近而可信者，色也。发而安中者，言也。久而可观者，行也。故君子容色，天下仪象而望之，不假言而知为人君者。《诗》曰："颜如渥丹，其君也哉！"（《秦风·终南》）

容色也是学养的表现。孟子道："仁义礼智根于心；其生色也，睟然见于面，盎于背，施于四体"（《尽心》上），正是这个意思。德教、政治、学养都属于人事；与人事相对的是天道。论天道的也常引诗。如《礼记·中庸》云：

《诗》曰："德輶如毛"（《大雅·烝民》），毛犹有伦，"上天之载，无声无臭"（《大雅·文王》），至矣！

这正是《论语》上孔子说的"天何言哉！四时行焉，百物生焉。天何言哉！"（《阳货》）又如《春秋繁露·尧舜不擅移汤武不专杀》篇云：

且天之生民，非为王也，而天立王以为民也。故其德足以安乐民者，天予之；其恶足以贼害民者，天夺之。《诗》云："殷士肤敏，祼将于京，侯服于周。天命靡常！"（《大雅·文王》）言天之无常予、无常夺也。

"天命靡常"在阴阳家五德终始说的解释下，成为汉代一般的信仰。这里却没有提到五德说，只简截地引《诗》为证。又，汉人常谈的灾异也属于天道。同书《必仁且智》篇云：

天地之物有不常之变者谓之异，小者谓之灾。灾常先至而异乃随之。灾者，天之谴也；异者，天之威也。谴之而不知，乃畏之以威。《诗》云："畏天之威"（《周颂·我将》），殆此谓也。

这一节可以作"灾异"的界说看。《汉书》九《元帝纪》，永光四年六月"戊寅晦，日有蚀之"，诏云：

今朕晻于王道，夙夜忧劳，不通其理，靡瞻不眩，靡听不惑。是以政令多还，民心未得。……公卿大夫，好恶不同，或缘奸作邪，侵削细民。元元安所归命哉！乃六月晦日有蚀之。《诗》不云乎？"今此下民，亦孔之哀！"（《小雅·十月之交》）

《十月之交》正是纪日食之异的诗，所以诏书中引《诗》语，见得民生可哀，天变可畏；是罪己并责勉公卿大夫的意思。

此外有引《诗》以述史事、明制度、记风俗的。如《汉书》七十三《韦玄成传》，太仆王舜、中垒校尉刘歆议〔宗庙〕曰：

臣闻周室既衰，四夷并侵，猃狁最强——于今匈奴是也。

至宣王而伐之。诗人美而颂之曰："薄伐猃狁，至于太原。"（《小雅·六月》）又曰："啴啴推推，如霆如雷，显允方叔，征伐猃狁，荆蛮来威。"（《小雅·采芑》）故称中兴。……孝武皇帝……遣大将军、骠骑、伏波、楼船之属南灭百粤起七郡北攘匈奴，降昆邪十万之众。……东伐朝鲜……断匈奴之左臂。西伐大宛……裂匈奴之右臂。……中兴之功未有高焉者也。……

这里引《诗》述史，颂美武帝的中兴。又如《韩诗外传》八云：

……于是黄帝乃服黄衣，戴黄冕，致斋于宫。凤乃蔽日而至。黄帝降于东阶，西面，再拜稽首曰："皇天降祉，不敢不承命！"凤乃止帝东囿（原作"国"，据《说苑·辨物》篇校改），集帝梧桐，食帝竹实，没身不去。《诗》曰："凤凰于飞，翽翽其羽，亦集爰止。"（《大雅·卷阿》）

这是神话，可是在古人眼里也是史。这不是引《诗》述史而是引《诗》证史。又如蔡邕《独断》下云：

宗庙之制，古学以为人君之居前有朝，后有寝；终则前制庙以象朝，后制寝以象寝。庙以藏主，列昭穆；寝有衣冠几杖象生之具。总谓之宫。《月令》曰："先荐寝庙"，《诗》云："公侯之宫"（《召南·采蘩》），《颂》曰："寝庙奕奕"（《鲁颂·閟宫》；《毛诗》作"新庙"，蔡当据《鲁诗》），言相连也。

这是引《诗》以证宫的制度。又如《春秋繁露·郊祀》篇云：

为人子而不事父者，天下莫能以为可。今为天之子而不事天，何以异是？是故天子每至岁首，必先郊祭以享天，乃敢为地，行子礼也。每将兴师，必先郊祭以告天，乃敢征伐，行子之道也。文王受天命而王天下，先郊乃敢行事而兴师伐崇。其诗曰：“芃芃棫朴，薪之槱之。济济辟王，左右趋之。济济辟王，左右奉璋。奉璋莪莪，髦士攸宜。”（《大雅·棫朴》）此郊辞也。其下曰：“淠彼泾舟，蒸徒檝之。周王于迈，六师及之。”（同上）此伐辞也。

这里引《诗》以明郊的制度。又如《汉书》二十八《地理志》云：

天水、陇西山多林木，民以板为室屋。及安定、北地、上郡、西河皆迫近戎狄，修习战备，高上气力，以射猎为先。故《秦诗》曰：“在其板屋”（《小戎》），又曰：“王于兴师，修我甲兵，与子偕行。”（《无衣》）及《车辚》、《四载》、《小戎》之篇，皆言车马田狩之事。

这是记风俗的引《诗》。

还有引《诗》以明天文地理的。又有用《诗》作隐语的。而诗篇人乐的意义，著述中也常论及。如《汉书》二十六《天文志》云：

西方为雨，雨，少阴之位也。月失中道，移而西，入毕，则多雨。故《诗》云：“月离于毕，俾滂沱矣”（《小雅·渐渐之石》），言多雨也。

这两句诗里的天文学早就反映在孔子的故事里。《史记》六十七《仲尼弟子列传》云：

他日，弟子进问〔有若〕曰：“昔夫子当行，使弟子持雨具。已而果雨。弟子问曰：‘夫子何以知之？’夫子曰：‘《诗》不云乎？“月离于毕，俾滂沱矣”。昨暮月不宿毕乎？’”……

故事未必真，却可见劳孝舆说的“事物细微，皆引《诗》以证其得失”（见前）那句话确有道理。又如《汉书·地理志》云：

魏国亦姬姓也，在晋之南河曲。故其诗曰：“彼汾一曲”（《汾沮洳》），“置之河之侧”（《伐檀》）。

这里引《诗》以明魏国的地理。至于用《诗》为隐语，春秋时就有了，直到汉末还存着这个风气。《后汉书》八十三《徐稚传》云：

……及林宗有母忧，稚往吊之，置生刍一束于庐前而去。众怪不知其故。林宗曰：“此必南州高士徐孺子也。《诗》不云乎？‘生刍一束，其人如玉’（《小雅·白驹》）。吾无德以堪之。”

这是无语的隐语，所以“众怪不知其故”。又，解释人乐《诗》篇的意义的，如《礼记·射义》云：

其节：天子以《驺虞》为节，诸侯以《狸首》为节，卿大夫以《采苹》为节，士以《采蘩》为节。《驺虞》者，乐官备也。《狸首》者，乐会时也。《采苹》者，乐循法也。《采蘩》者，乐不失职也。

这中间《狸首》篇是逸《诗》。

汉人著述引《诗》之多，用《诗》之广，由以上各项可见。无论大端细节，他们都爱引《诗》，或断或证——这自然非讽诵烂熟不可。陈乔枞所谓“上推天人性理”，“下究万物情状”，以至“古今得失之林”，总而言之，就是包罗万有。春秋以后，要数汉代能够尽《诗》之用。春秋用《诗》，还只限于典礼、讽谏、赋《诗》、言语；汉代典礼别制乐歌，赋《诗》也早已不行，可是著述用《诗》，范围之广，却超过春秋时。孔子道：

> 小子何莫学夫《诗》？《诗》可以兴，可以观，可以群，可以怨。迩之事父，远之事君。多识于鸟兽草木之名。（《论语·阳货》）

这是《诗》教的意念的源头。孔子的时代正是《诗》以声为用到《诗》以义为用的过渡期，他只能提示《诗》教这意念的条件。到了汉代，这意念才形成，才充分地发展。不过无论怎样发展，这意念的核心只是德教、政治、学养几方面——阮元所谓政治言行，——也就是孔子所谓兴、观、群、怨。“温柔敦厚”一语便从这里提炼出来。《论语》中孔子论《诗》、礼、乐甚详，而且说：

> 兴于《诗》，立于礼，成于乐。（《泰伯》）

好像看作三位一体似的。因此《经解》里所记孔子论《诗》教、乐教、礼教的话，便觉比较亲切而有所依据，跟其他三科几乎全出于依托的不同。汉代《诗》和礼乐虽然早已分了家，可是所谓“温柔敦厚”，还得将《诗》礼乐合看才能明白。《韩诗外传》八有一个《诗》的故事：

> 〔魏〕文侯曰：“中山之君亦何好乎？”〔苍唐〕对曰：“好《诗》。”文侯曰：“于《诗》何好？”曰：“好《黍离》与《晨风》。”文侯曰：“《黍离》何哉？”对曰：“彼黍离

离，彼稷之苗。行迈靡靡，中心摇摇。知我者谓我心忧，不知我者谓我何求。悠悠苍天，此何人哉！”文侯曰：“怨乎？”曰：“非敢怨也，时思也。”文侯曰：“《晨风》谓何？”对曰：“‘鴥彼晨风，郁彼北林，未见君子，忧心钦钦。如何如何！忘我实多！’——此自以‘忘我’者也。”（原无末七字。许维遹先生据《文选·四子讲德论注》与《御览》七七九补。）于是文侯大悦……遂废太子䜣，召中山君以为嗣。

这是一个很著名的故事，西汉王褒作《四子讲德论》，已经引用。宋王应麟《困学纪闻》三列举“兴于《诗》”的事例，第一件便是“子击（中山君名击）好《晨风》、《黍离》而慈父感悟”。其次是周磐。《后汉书》六十九本传云：

居贫养母，俭薄不充。尝诵《诗》至《汝坟》之卒章，慨然而叹。乃解韦带就孝廉之举。

《召南·汝坟》末章道：“鲂鱼赪尾，王室如毁。虽则如毁，父母孔迩。”章怀太子《后汉书注》引《韩诗薛君章句》：“以父母甚迫近饥寒之忧，为此禄仕。”周磐是“兴于《诗》”“而为亲从仕”（《纪闻》语）的。后世因读诵而兴的例子还有些，多半也是“兴于《诗》”；而以孝思为主。这些都是实践的温柔敦厚的《诗》教。可是探源立论，事亲事君都是礼的节目，而礼乐是互相为用的，是相反相成的；所以要了解《诗》教的意义，究竟不能离开乐教和礼教。

三 温柔敦厚

《经解》篇孔颖达《正义》释“温柔敦厚”句云：

> 温谓颜色温润，柔谓情性和柔。《诗》依违讽谏，不指切事情，故云温柔敦厚是《诗》教也。

又释“《诗》之失愚”云：

> 《诗》主敦厚。若不节之，则失在愚。

又释“温柔敦厚而不愚”句云：

> 此一经以《诗》化民，虽用敦厚，能以义节之；欲使民虽敦厚，不至于愚。则是在上深达于《诗》之义理，能以《诗》教民也。故云“深于《诗》者也”。

更重要的是《正义》里下面一番话：

> 然《诗》为乐章，《诗》乐是一，而教别者：若以声音干戚以教人，是乐教也。若以《诗》辞美刺讽谕以教人，是《诗》教也。此为政以教民，故有六经。……此六经者，惟论人君施化，能以此教民，民得从之；未能行之至极也。若盛明之君为民之父母者，则能恩惠下及于民。则《诗》有好恶之情，《礼》有政治之体，《乐》有谐和性情，皆能与民至极，民同上情。故《孔子闲居》云：“志之所至，《诗》亦至焉。《诗》之所至，礼亦至焉。礼之所至，乐亦至焉。”是也。其《书》、《易》、《春秋》，非是与民相感恩情至极者，故《孔子闲居》无《书》、《易》及《春秋》也。

这里将所谓“六经”分为二科，而以《诗》、《礼》、《乐》为“与民相感恩情至极者”；《诗》、《礼》、《乐》三位一体，合于《论语》里孔子的话。而所谓“以《诗》化民”，所谓“在上深达于《诗》之义理，能以《诗》教民”，是概括《诗大序》的意思，《诗大序》又是孔子论“学《诗》”那一节话的引申和发展。所谓“以义节之”，就是《诗大序》说的“发乎情，止乎礼义”，也就是儒家说的“不偏之谓中”（《礼记·中庸》）。《诗》教究竟以意义为主，所以说“以《诗》辞美刺讽谕以教人”；美刺讽谕不离乎政治，所谓“《诗》依违讽谏，不指切事情”，就指美刺讽谕而言。

孔子时代，《诗》与乐开始在分家。从前是《诗》以声为用；孔子论《诗》才偏重在《诗》义上去。到了孟子，《诗》与乐已完全分了家，他论《诗》便简直以义为用了。从荀子起直到汉人的引《诗》，也都继承这个传统，以义为用。上文所分析的汉代各例，可以见出。但“《诗》为乐章，《诗》乐是一”是个古久的传统，就是在《诗》乐分家以后，也还有很大的影响。论乐的不会忘记《诗》。《礼记·乐记》云：

> 德者，性之端也。乐者，德之华也。金石丝竹，乐之器也。《诗》言其志也，歌咏其声也，舞动其容也。三者本于心，然后乐气（阮刻本原作“器”，据《校勘记》改）从之。

《诗》与歌舞合一。又云：“乐师辨乎声《诗》。”又云：“然后正六律，和五声，弦歌《诗》颂，此之谓德音。德音谓之乐。”都说的“《诗》乐是一”。论《诗》的也不能忘记乐。《诗大序》云：

> 情动于中而形于言。言之不足，故嗟叹之。嗟叹之不足，故永歌之。永歌之不足，不知手之舞之、足之蹈之也。情发于声，声成文谓之音。治世之音安以乐，其政和。乱世之音怨以怒，其政乖。亡国之音哀以思，其民困。

前七语，历来论《诗》的不知引过若干次。但这一整段话也散见在《乐记》里，其实都是论乐的。而《诗》教更不能离乐而谈。一来声音感人比文辞广博得多，若只着眼在“《诗》辞美刺讽谕”上，《诗》教就未免狭窄了。二来以声为用的《诗》的传统——也就是乐的传统——比以义为用的《诗》的传统古久得多，影响大得多；《诗》教若只着眼在意义上，就未免单薄了。所以“温柔敦厚”该是个多义语：一面指“《诗》辞美刺讽谕”的作用，一面还映带着那“《诗》乐是一”的背景。这只要看看乐之所以为教，就可明白。《经解》以“广博易良”为乐教。《正义》云：“乐以和通为体，无所不用，是广博；简易良善，使人从化，是易良。”《乐记》阐发乐教最详。《记》云：

> 乐也者，圣人之所乐也，而可以善民心，其感人深，其移风易俗。故先王著其教焉。

“乐以和通为体”，所以说：“乐者，天地之和也”，“异文合爱者也”。又说：“仁近于乐”，“乐者敦和”。又说：“立之学等，广其节奏，省其文采，以绳德厚。”又说：“乐者，天地之命，中和之纪，人情之所不能免也。”从消极方面看，“乐至则无怨”，“暴民不作，诸侯宾服，兵革不试，五刑不用，百姓无患，天子不怒，如此则乐达矣”。“中和之纪”的“中”是“适”的意思。《吕氏春秋·适音》篇云：

> 夫音亦有适。……太钜太小，太清太浊，皆非适也。何谓适？衷，音之适也。何谓衷？小（原作“大”，据许维遹先生《吕氏春秋集释》引陶鸿庆说改）不出钧，重不过石，大小轻重之衷也。

“衷”“中”通用。“适”又有“节”的意思。同书《重己》篇“故圣人必先适欲”高诱注：“适犹节也。”又《荀子·劝学》篇道：“诗者，中声之所止也。”（王先谦《荀子集解》云：“此不言乐，以《诗》乐相兼也。”），所谓“中声”当兼具这两层意思。杨倞注：“诗谓乐章，所以节声音，至乎中而止，不使流淫也。”大致不错。以上所引《乐记》和《荀子》的话，都可作“温柔敦厚”的注脚，是乐教，也未尝不是《诗》教。

礼乐是不能分开独立的。虽然《乐记》里说：“乐者为同，礼者为异；同则相亲，异则相敬。”又说：“礼节民心，乐和民声。”又说：“乐者，天地之和也；礼者，天地之序也。”好像礼乐的作用是相反的。可是说“礼乐之情同”，《正义》云：“致治是同。”又云：

> 是故先王之制礼乐也，非以极口腹耳目之欲也，将以教民平好恶而反人道之正也。

所以说“知乐则几于礼矣”。“平好恶”是“和”也是“节”；二者是相反相成的。《论语》，有子曰：

> 礼之用，和为贵。……知和而和，不以礼节之，亦不可行也。（《学而》）

礼也以和为贵，可见“和”与“节”是一事的两面，所求的是“平”，也就是“适”，是“中”。孔子论《关雎》“乐而不淫，哀而不伤”（《论语·八佾》）。何晏《集解》引孔安国云：“乐不至淫，哀不至伤，言其和也。”是“和”，同时是“节”。又，《管子·内业》篇云：

> 凡人之生也，必以平正；所以失之，必以喜怒忧患。是故止怒莫若《诗》，去忧莫若乐，节乐莫若礼，守礼莫若敬，守敬莫若静。

《诗》与礼乐并论；说“敬”，说“节”，说“平正”，也都可以跟《乐记》印证。而“止怒莫若《诗》”一语，更得温柔敦厚之旨。《经解》以“恭俭庄敬”为礼教，《正义》云：“礼以恭逊、节俭、齐（斋）庄、敬慎为本。”恭俭是“节”，庄敬是“敬”；从另一角度看，也是一事的两面。所谓“《诗》依违讽谏，不指切事情”，正是“敬”与“节”的表现。古代有献诗讽谏的传统——汉代王式还以《三百五》篇当谏书，《周语》上邵公谏厉王说：“天子听政，使公卿至于列士献诗……而后王斟酌焉，是以事行而不悖。”《晋语》六范文子也向赵文子说到古之王者“使工诵谏于朝，在列者献诗，使勿兜（惑也）”。《白虎通·谏净》篇云：

> 谏有五：其一曰讽谏，二曰顺谏，三曰窥谏，四曰指谏，五曰陷谏。讽谏者……知祸患之萌，深睹其事未彰而讽告焉。……顺谏者……出词逊顺，不逆君心。……窥谏者……视君颜色不悦，且却；悦则复前，以礼进退。……指谏者……指者，质也，质相其事而谏。……陷谏者……恻隐发于中，直言国之害，励志忘生，为君不避丧身。……孔子曰：“谏有五，吾从讽之谏。”事君……去而不讪，谏而不露。故《曲礼》曰：“为人臣不显谏。”

这里前三种是婉言一类，后二种是直言一类；婉言占五分之三，可见谏诤当以此种为贵。而文中引孔子的话，独推“讽谏”，并以“谏而不露”和《曲礼》“不显谏”等语申述意旨。《文选·甘泉赋》李善注：“不敢正言谓之讽。”大概讽谏更为婉曲。《诗大序》云：“下以风刺上，主文而谲谏；言之者无罪，闻之者足以戒。”郑玄笺：“风刺”“谓譬谕不斥言”，“谲谏，咏歌依违不直谏”。“主文”当指文辞，就是所谓“《诗》辞美刺讽谕”。讽谏似乎就是“谲谏”，似乎就指献诗讽谏而言。讽谏用诗，自然是最婉曲了。谏诤是君臣之事，属于礼；献诗主“温柔敦厚”，正是礼教，也是“诗”教。

“温柔敦厚”是“和”，是“亲”，也是“节”，是“敬”，也是

“适”，是“中”。这代表殷、周以来的传统思想。儒家重中道，就是继承这种传统思想。郭沫若先生《周彝铭中之传统思想考》（《金文丛考》一）论政治思想云：

> 人臣当恪遵君上之命，君上以此命臣，臣亦以此自矢于其君。……为政尚武……征伐以威四夷，刑罚以威内，为之太过则人民铤而走险，故亦以暴虐为戒，以壅遏庶民，鱼肉鳏寡为戒，而励用中道。

又论道德思想云：

> 德字始见于周文，于文以“省心”为德。故明德在乎明心。明心之道欲其谦冲，欲其荏染，欲其虔敬，欲其果毅，此得之于内者也。其得之于外，则在崇祀鬼神，帅型祖德，敦笃孝友，敬慎将事，而益之以无逸。

所说的君臣之分，“中道”，以及“谦冲”，“荏染”，“敦笃孝友，敬慎将事”等，“温柔敦厚”一语的涵义里都有。周人文化，继承殷人；这种种思想真是源远流长了。而“中”尤其是主要的意念。“温柔敦厚”本已得“中”；可是说这话的（不会是孔子）还怕人“以辞害志”，所以更进一层说“《诗》之失愚”，必得“温柔敦厚而不愚”才算“深于《诗》”。所谓“愚”就是过中。《孟子·告子（下）》云：

> 公孙丑问曰：“高子曰：‘《小弁》，小人之诗也。’”孟子曰：“何以言之？”曰：“怨。”曰：“固哉高叟之为诗也！有人于此，越人关弓而射之，则己谈笑而道之。无他，疏之也。其兄关弓而射之，则己垂涕泣而道之。无他，戚之也。《小弁》之怨，亲亲也；亲亲，仁也。固矣夫高叟之为诗也！”曰：

"《凯风》何以不怨？"曰："《凯风》，亲之过小者也；《小弁》，亲之过大者也。亲之过大而不怨，是愈疏也；亲之过小而怨，是不可矶（赵岐注：激也）也。愈疏，不孝也；不可矶，亦不孝也。"

高子因《小弁》诗（《小雅》）怨亲，便以为是小人之诗；公孙丑并举出《凯风》诗（《邶风》）的不怨亲作反证。孟子说，《诗》也可以怨亲，只要怨得其中。他解释怎样《小弁》篇的怨是得中，《凯风》篇的不怨也是得中；而得中是仁，也是孝。高子以为凡是怨亲都不得中，他的看法未免太死了；他那种看法就是过中。孟子评他为"固"，"固"就是"《诗》之失愚"的"愚"。像孟子的论《诗》，才是"温柔敦厚而不愚"，才是"深于《诗》"。——论《诗》如此，"为人"也如此；所谓愚忠、愚孝，都是过中，过中就"失之愚"了。

有过中自然有不及中。但不及可以求其及，不像过了的往回拉的难，所以《经解》篇的六失都只说过中。一般立论却常着眼在不及中，因为不及中的多。就《诗》教看，更显然如此。高子以《小弁》篇为小人之诗，就是说它不及中，不过他错了。汉代关于屈原《离骚经》的争辩，也是讨论《离骚经》是否不及中，或不够温柔敦厚。《史记》八十四《屈原贾生列传》云：

屈平正道直行，竭忠尽智以事其君，谗人间之，可谓穷矣。信而见疑，忠而被谤，能无怨乎？屈平之作《离骚》，盖自怨生也。

又引淮南王安《叙离骚传》云：

《国风》好色而不淫，《小雅》怨诽而不乱。若《离骚》者，可谓兼之矣。……其文约，其辞微，其志洁，其行廉。其称文小而其指极大，举类迩而见义远。……濯淖污泥之中，蝉蜕于浊秽，以浮游尘埃之外，不获世之滋垢，皭然泥而不滓者也。推此志也，虽与日月争光可也。

刘安以《诗》义论《离骚》，所谓“好色而不淫”“怨诽而不乱”都是得其中；所以虽“自怨生”，还不失为温柔敦厚。但班固以为不然。他作《离骚序》，引刘氏语，以为“斯论似过其真”，又云：

且君子道穷，命矣。故潜龙不见是而无闷，《关雎》哀周道而不伤，蘧瑗持可怀之智，宁武保如愚之性，咸以全命避害，不受世患。故《大雅》曰：“既明且哲，以保其身”（《蒸民》），斯为贵矣。今若屈原，露才扬己，竞乎危国群小之间，以离谗贼。然责数怀王，怨恶椒、兰，愁神苦思，强非其人，忿怼不容，沉江而死，亦贬絜（洁）狂狷景行之士。. 多称昆仑、冥婚、宓妃、虚无之语，皆非法度之政（正），经义所载。谓之兼《诗》风雅而与日月争光，过矣。……虽非明智之器，可谓妙才者也。

这里说屈子为人和他的文辞中的怨责譬谕都不及中；总之，“露才扬己”，不够温柔敦厚。后来王逸作《楚辞章句》，叙中指出屈子“独依诗人之义而作《离骚》，上以讽谏，下以自慰”。又驳班氏云：

今若屈原，膺忠贞之质，体清洁之性，直若砥矢，言若丹青，进不隐其谋，退不顾其命。此诚绝世之行，俊彦之英也。而班固云云。昔伯夷、叔齐让国守分，不食周粟，遂饿而死。岂可复谓有求于世而怨望哉？且诗人怨主刺上，曰：“呜呼！小子，未知臧否……匪面命之，言提其耳。”（《大雅·抑》）风谏之语，于斯为切。然仲尼论之，以为《大雅》。引此比彼，屈原之

> 词，优游婉顺，宁以其君不智之故，欲提其耳乎？而论者以为“露才扬己”，怨刺其上，强非其人，殆失厥中矣。

又说“《离骚》之文依托‘五经’以立义焉……诚博远矣”，也是驳班氏的。王氏似乎也觉得屈原为人并非“中行”之士，但不以为不及中而以为“绝世”——“绝世”该是超中。至于屈原的文辞，王氏却以为“优游婉顺”，合于“诗人之义”——“优游婉顺”就是温柔敦厚。屈子的“绝世之行”在乎自沉；自沉确是不合乎中——就是超中，倒未尝不可。战国文辞，铺排而有圭角；他受了时代的影响，“体慢”语切，不能像《诗》那样“不指切事情”也是有的。可是《史记》里说得好：

> 屈平……虽放流，眷顾楚国，系心怀王，不忘欲反，冀幸君之一悟，俗之一改也。其存君兴国而欲反覆之，一篇之中，三致志焉。然终无可奈何。

又以人穷呼天，疾病呼父母喻他的怨。他这怨只是一往的忠爱之忱，该够温柔敦厚的。至于他“引类譬谕”，虽非“经义所载”，而“依《诗》取兴”，异曲同工，并不悖乎《诗》教。班氏也承认“后世莫不……则象其从容”；这从容的气象便是温柔敦厚的表现，不仅是“妙才”所能有。那么，“露才扬己”确是“失中”之语，而淮南王所论并不为“过其真”了。

汉以后时移世异，又书籍渐多，学者不必专读经，经学便衰了下来。讽诵《诗》的少了，引《诗》的自然也就少了。乐府诗虽然代“三百篇”而兴，可是应用不广，不能取得“三百篇”的权威的地位；建安以来，五言诗渐有作者，他们更没有涵盖一切的力量。著述里自然不会引用这些诗。《诗》教的传统因而大减声势。不过汉末直到初唐的诗虽然多“缘情”而少“言志”，而“优游不迫”，还不失为温柔敦厚；这传统还算在相当的背景里生活着。盛唐开始了诗的散文化，到宋代而大盛；以诗说理，成为风气。于是有人出来一面攻击当代的散文化的诗，一面提倡风人之诗。这种意见北宋就有，而南宋中叶最盛。这是在重振那温柔敦厚的《诗》教。一方面道学家也论到了《诗》教。道学家主张“文以载道”，自然也主张“诗以言志”。当时《诗》教既经下衰，诗又在散文化，单说“温柔敦厚”已经不足以启发人，所以他们更进一步，以《论语》所记孔子论《诗》的“思无邪”一语为教；他们所重在道不在诗。北宋程子、谢良佐论《诗》，便已特地拈出这一语，但到了南宋初，吕祖谦的《吕氏家塾读诗记》里才更强调主张，他成为这一说的重要的代表。他以为“作《诗》之人所思皆无邪”，以为“《诗》人以无邪之思作之，学者亦以无邪之思观之，闵惜惩创之意自见于言外”。朱子却觉得如此论《诗》牵强过甚，以为不如说“彼虽以有邪之思作之，而我以无邪之思读之，则彼之自状其丑者，乃所以为吾警惧惩创之资”。又道：“曲为训说而求其无邪于彼，不若反而得之于我之易也。巧为辩驳而归其无邪于彼，不若反而责之于我之切也。”这便圆融得多了。

朱子可似乎是第一个人，明白地以“思无邪”为《诗》教。在《吕氏诗记》的序里，他虽然还是说“温柔敦厚之教”，但在《诗集传》的序里论“《诗》之所以为教”，便只发挥“思无邪”一语。他道：

> 诗者，人心之感物而形于言之馀也。心之所感有邪正，故言之所形有是非。惟圣人在上，则其所感者无不正，而其言皆足以为教。其或感之之杂，而所发不能无可择者，则上之人必思所以自反，而因有以劝惩之。是亦所以为教也。
>
> 昔周盛时，上自郊庙朝廷而下达于乡党闾巷，其言粹然，无不出于正者。圣人固已协之声律而用之乡人，用之邦国，以化天下。至于列国之诗. 则天子巡守，亦必陈而观之，以行黜陟之典。降至昭、穆而后，浸以陵夷；至于东迁而遂废不讲矣。孔子生于其时，既不得位，无以行帝王劝惩黜陟之政。于是特举其籍而讨论之，去其重复，正其纷乱。而其善之不足以为法，恶之不

足以为戒者，则亦刊而去之，以从简约，示久远。使夫学者即是而有以考其得失，善者师之而恶者改焉。是以其政虽不足行于一时，而其教实被于万世。是则《诗》之所以为教者然也。

这是以“思无邪”为《诗》教的正式宣言。文中以正邪善恶为准，是着眼在“为人”上。我们觉得以“思无邪”论《诗》，真出于孔子之口，自然比“温柔敦厚”一语更有分量；但当时去此取彼，却由于道学眼。其实这两句话一正一负，足以相成，所谓“合之则两美”。道学眼也无妨，只要有一只眼看在诗上。文中从学者方面说到“考其得失，善者师之而恶者改焉”，阐明诗是怎样教人。又从作诗方面说到所感有纯有杂，纯者固足以为教，杂者可使上之人“思所以自反，而因有以劝惩之”，也足以为教。这都足以补充温柔敦厚说之所不及。原来不论“温柔敦厚”也罢，“无邪”也罢，总有那些不及中的。前引孔颖达说人君以“六经”教民，“能与民至极”者少，“未能行之至极”者多，可是都算行了六艺之教。那是说“教”虽有参差，而为教则一——《诗》教自然也如此。朱子却是说，《诗》虽有参差，而为教则一。经过这样补充和解释，《诗》教的理论便圆成了。但是那时代的诗尽向所谓“沉着痛快”一路发展。一方面因为散文的进步，“文笔”、“诗笔”的分别转成“诗文”的分别，选本也渐渐诗文分家，不再将诗列在“文”的名下，像“文选”以来那样。诗不是从前的诗了，教也不及从前那样广了；“温柔敦厚”也好，“无邪”也好，《诗》教只算是仅仅存在着罢了。这时代却有用“温柔敦厚”论文的，如杨时《龟山集》十《语录》云：

为文要有温柔敦厚之气；对人主语言及章疏文字，温柔敦厚尤不可无。……君子之所养，要令暴慢衺僻之气不设于身体。

这简直将《诗》教整套搬去了，虽然他还是将诗包括在“文”里。这时代在散文的长足的发展下，北宋以来的“文以载道”说渐渐发生了广大的影响，可以说成功了“文教”——虽然并没有用这个名字。于是乎“六经”都成了“载道”之文——这里所谓“文”包括诗；——于是乎“文以载道”说不但代替了《诗》教，而且代替了六艺之教。

正 变

一 风雅正变

郑玄《诗谱序》云：

迩及商王，不风不雅。何者？论功颂德，所以将顺其美；刺过讥失，所以匡救其恶。各于其党，则为法者彰显，为戒者著明。

周自后稷播种百谷，黎明阻饥，兹时乃粒，自传以此名也。陶唐之末，中叶公刘亦世修其业以明民共财。至于太王、王季，克堪顾天。文、武之德光熙前绪，以集大命于厥身。遂为天下父母，使民有政有居。其时诗，风有《周南》、《召南》，雅有《鹿鸣》、《文王》之属。及成王、周公致大平，制礼作乐，而有颂声兴焉，盛之至也。本之由此风雅而来，故皆录之，谓之诗之正经。

后王稍更陵迟。懿王始受谮亨（烹）齐哀公。夷身失礼之后，邶不尊贤。自是而下，厉也，幽也，政教尤衰，周室大坏。《十月之交》、《民劳》、《板》、《荡》，勃尔俱作；众国纷然，刺怨相寻。五霸之末，上无天子，下无方伯，善者谁赏？恶者谁罚？纪纲绝矣。故孔子录懿王、夷王时诗讫于陈灵公淫乱之事，谓之变风变雅。——以为勤民恤功，昭事上帝，则受颂声，弘福如彼；若违而弗用，则被劫杀，大祸如此。吉凶之所由，忧娱之萌渐，昭昭在斯，足作后王之鉴，于是止矣。

这一番议论有许多来历。第一是审乐知政，本于《左传》季札观乐的记载（襄公二十九年）和《礼记·乐记》。第二是知人论世，本于《孟子》。第三是美刺，本于《春秋》家和《诗序》。这些都只承用旧说，加以发挥和变化。最后是“变风变雅”，本于《诗大序》。《大序》云：

至于王道衰，礼义废，政教失，国异政，家殊俗，而变风变雅作矣。国史明乎得失之迹，伤人伦之废，哀刑政之苛，吟咏情性以风其上，达于事变而怀其旧俗者也。故变风发乎情，止乎礼义。发乎情，民之性也；止乎礼义，先王之泽也。

孔颖达《疏》云：

变风变雅之作，皆王道始衰，政教初失，尚可匡而革之，追而复之；故执彼旧章，绳此新失，觊望自悔其心，更遵正道，所以变诗作也。以其变改正法，故谓之变焉。

“达于事变而怀其旧俗”，“变风变雅”原义只是如此；“变风变雅”的“变”就是“达于事变”的“变”，只是常识的看法，并无微言大义在内。孔《疏》以“变改正法”为“变”，“正”“变”对举，却已是郑氏的影响。郑氏将“风雅正经”和“变风变雅”对立起来，划期论世，分国作谱，显明祸福，“作后王之鉴”，所谓风雅正变说，是他的创见。他这样综合旧来四义组成他自己的系统的诗论。这诗论的系统可以说是靠正变说而完成，不过正变说本身并没有能够圆满地完成。他所谓“风雅正经”和“变风变雅”，有些并无确切的分别。如《郑谱》云：“武公又作卿士。国人宜之，郑之变风又作。”《秦谱》云：“至〔非子〕曾孙秦仲，宣王又命作大夫，始有车马礼乐侍御之好。国人美之，翳（秦）之变风始作（翳，伯翳也，秦是伯翳的后人）。”“宜之”“美之”自然是美诗了，怎么也会是“变风”呢？《雅》诗里也有同样的情形，《小大雅谱》曾解释道：

> 《大雅·民劳》、《小雅·六月》之后，皆谓之变雅。美恶各以其时，亦显善惩过，正之次也。

这个解释不能自圆其说是显然的。而《豳谱》叙《七月》诗曲折更多：

> 周公……思公刘、太王居豳之职，忧念民事至苦之功，以比序己志。……大师大述其志，主意于豳公之事，故别其诗以为豳国变风焉。

更曲折的，郑氏将《七月》诗分为风雅颂三段；一诗备三体，这是唯一的例子。风雅正变说本身既不完密，后世修正的很多，但到底不能通而无碍。也有根本怀疑这一说的，如叶适的话：

> 言《诗》者自《邶》《鄘》而下皆为变风，其正者《二南》而已。《二南》王者所以正天下，教则当然，未必其风之然也。《行露》之“不从”，《野有死麕》之“恶”，虽正于此而变于彼矣。若是则诗无非变，将何以存！季札听诗，论其得失，未尝及变。孔子教小子以可群可怨，亦未尝及变。夫为言之旨，其发也殊，要以归于正尔。美而非谄，刺而非讦，怨而非愤，哀而非私，何不正之有？后之学诗者不顺其义之所出，而于性情轻别

> 之，不极其“志之所至”，而于正变强分之——守虚会而迷实得，以薄意而疑雅言，则有蔽而无获矣。
>
> （《习学记言序目》卷六）

这番话甚为有理，但郑氏立说，也有他的背景在那里。

《说文》三下《攴部》：“变，更也。”《淮南子·氾论》篇“夫殷变夏，周变殷，春秋变周”，高诱注：“变，改也。”《荀子·不苟》篇“变化代兴”，杨倞注：“改其旧质谓之变。”这是“变”的通义。但是“变”还有许多别义；最重要的，就是“变化”；“变”就是“化”。不过“变化”一词中的“变”和“化”原来也有些分别，上面举的《荀子》的话便是例子。还有《易·系辞传》里的“变化”，据虞翻和荀爽的注，“在天为变，在地为化”，也是大同小异。“在天为变”这看法关系很大。《庄子·逍遥游》：“若夫乘天地之正而御六气之辩以游无穷者，彼且恶乎待哉？”郭庆藩《庄子集释》里道：“辩与正对文，辩读为变。《广雅》：‘辩，变也。’辩、变古通用。”这是不错的。正辩就是正变。《管子·戒》篇也有“御正六气之变”一语。正变对文，这两处似乎是最早见。六气，司马彪说是阴阳风雨晦明。郭象注这几句有道：“天地以万物为体，而万物必以自然为正。自然者，不为而自然者也。……故乘天地之正者，即是顺万物之性也；御六气之辩者，即是游变化之涂也。”阴阳风雨晦明都关于气象；“天有不测风云”，所以要“御”变。郭象“以自然为正”，言之成理；但牵及万物，似乎不是原语意旨所在。原语上文说“列子御风而行”，“天地”似乎就指气象，跟“六气”同义异词。郭注又道：“夫唯与物冥而循大变者为能无待而常通。”似乎以为六气虽变化而失自然，只要随顺就成。但是以失自然为变，不如以失常为变。《素问·六节藏象论》云：“苍天之气，不得无常也。气之不袭（承袭也），是谓非常；非常则变矣。”王冰注：“变谓变易天常。”这似乎明白些。可是《白虎通·灾变》篇也道：“变者，非常也。”接着却引《乐稽耀嘉》曰：“禹将受位，天意大变。迅风靡木，雷雨昼冥。”这就复杂起来。《系辞传》、《庄子》、《白虎通》都说的“在天为变”，但《系辞传》以变为正为常，《庄子》以变为非正，《白虎通》以变为非常，各不相同。《庄子》里的看法也许比《系辞传》早；前者似乎是一般常识，后者实在是一派哲学。《白虎通》代表汉儒的看法，虽然也从常识出发，而经过当世盛行的阴阳五行说渲染了一番，便另是一副面目。

汉儒以为天变由于失政，是对于人君的一种警告。《汉书》二十六《天文志》论的最详：

> 经星常宿……伏见蚤晚，邪正存亡，虚实阔狭；及五星所行，合散犯守，陵历斗食；彗孛飞流，日月薄食；晕适背穴，抱珥虹蜺；迅雷风袄，怪云变气：此皆阴阳之精，其本在地而上发于天者也。政失于此，则变见于彼，犹影之象形，乡（响）之应声。是以明君睹之而寤，饬身正事，思其咎谢；则祸除而福至，自然之符也。

祸福“昭昭在斯”，足作人君之“鉴”。但天变有时也不一定告警，如上引《乐稽耀嘉》所谓“禹将受位，天意大变”，《宋书·礼志》（十四）说“以明将去虞而适夏也”，便是的。不过禹是圣王，当看作例外；后世天变总以示灾为主，所以“灾变”连为一词，《白虎通》专篇讨论。注意天变，并不始于汉代，《天文志》道：

> 春秋二百四十二年间，日食三十六，彗星三见，夜常星不见、夜中星陨如雨者各一。当是时，祸乱辄应。周室微弱，上下交怨……诸侯奔走不得保其社稷者不可胜数。自是之后……并为战国，争于攻取。兵革递起，城邑数屠。因以饥馑疾疫愁苦。臣主共忧患，其察机祥、候星气尤急。

春秋时已经候察天变，而战国以来更急。兵革、饥馑、疾疫使人民愁苦不能聊生。“臣主共忧患”，急着要找出路。天变示警，可以让“明君睹之而寤”，正是一条出路。这原是适应实际的需要的，后来便凝定为一种学说，作为人君施政的指针了。“变”对“正行”而言。《天文志》又云：

> 夫历者，正行也。……荧惑主内乱，太白主兵，月主刑。自周室衰，乱臣贼子、师旅数起，刑罚失中。虽其亡（无）乱臣贼子、师旅之变，内臣犹不治，四夷犹不服，兵革犹不寝，刑罚犹不错。故二星与月为之失度，三变常见。及有乱臣贼子、伏尸流血之兵，大变乃出。甘、石氏《星经》见其常然，因以为纪，皆非正行也。《诗》云：“彼月而食，则惟其常。此日而食，于何不臧！”（《十月之交》）《诗传》曰：“月食，非常也，比之日食犹常也；日食则不臧矣。”谓之小变可也，谓之正行非也。

这里说荧惑、太白二星和月的失度不是“正行”，是“变”。甘氏、石氏以二星失度为“逆行”，和月的失度为月食一样，都是历纪的“常然”，可以推算出来；《志》里却以为“逆行”总是“变”，总因“政治变于下”而然。“正行”与“变”对举，原来也该本于常识，跟《逍遥游》相同；只是这里加上历算家和阴阳五行说的涵义罢了。

《诗谱序》的风雅正变说显然受了六气正变的分别和天象正变的理论的影响；特别是后者，只看《序》里归结到“弘福”“大祸”“后王之鉴”，跟论灾变的人同一口吻，就可知道。阴阳五行说是当代的显学，郑氏曾注诸《纬书》，更见得不能自外。但“变”还有一个重要的别义，也是助成他这一说的。《穀梁传》僖公五年：

> 夏……公及齐侯、宋公、陈侯、卫侯、郑伯、许男、曹伯会王世子于首戴。……秋八月，诸侯盟于首戴。无中事（中间无他事也）而复举诸侯，何也？尊王世子而不敢与盟也（诸侯夏“会”王世子，秋始自相“盟”）。尊则其不敢与盟何也？盟

者，不相信也，故谨信也。不敢以所不信而加之尊者。（齐）桓，诸侯也，不能朝天子，是不臣也。王世子，子也，块然受诸侯之尊己而立乎其位，是不子也。桓不臣，王世子不子，则其所善焉何也？是则“变之正”也。天子微，诸侯不享觐。桓控大国，扶小国，统诸侯，不能以朝天子，亦不敢致天王。尊王世子于首戴，乃所以尊天王之命也。世子含王命会齐桓，亦所以尊天王之命也。

“是则变之正也”，范宁《集解》云：“虽非礼之正，而合当时之宜。”又襄公二十有九年：

夏……仲孙羯会晋荀盈、齐高止、宋华定、卫世叔仪、郑公孙段、曹人、莒人、邾人、滕人、薛人、小邾人城杞。古者天子封诸侯，其地足以容其民，其民足以满城，以自守也。杞危而不能自守，故诸侯之大夫相率以城之。此“变之正”也。《集解》云：“诸侯危弱，政由大夫。大夫能同恤灾危，故曰变之正。”又昭公三十有一年：

冬，仲孙何忌会晋韩不信、齐高张、宋仲几、卫太叔申、郑国参、曹人、莒人、邾人、薛人、杞人、小邾人城成周。天子微，诸侯不享觐，天子之在者惟祭与号。故诸侯之大夫相率以城之。此“变之正”也。

诸侯“城杞”“城成周”都是越俎代庖，“非礼之正；而合当时之宜”，所以称为“变之正”。这就是《公羊传》所谓“权”。《公羊传》桓公十有一年称美郑祭仲废君为“知权”“行权”，说道：“权者，反于经然后有善者也。”“经权”又称“经变”，其实也就是“正变”。这“正变”是据礼而言。《礼记·曾子问》：

曾子问曰："葬引至于堩（道涂也），日有食之，则有变乎？且不乎？"孔子曰："昔者吾从老聃助葬于巷党，及堩，日有食之。老聃曰：'丘，止柩，就道右，止哭以听变。'既明反而后行。曰：'礼也。'"

后来孔子请教老聃。老聃说柩当见日而行，不可见星而行；见星而行的只有罪人和奔父母之丧的人。他说日食的时候也许会见星的，所以得改变常礼，将柩停住；君子不能只顾行礼，使别人的亡亲受辱。这也是"行权"，也是"变之正"；所以老聃说"礼也"。郑氏注"则有变乎"一句道，"变谓异礼"，就是这个意思。这是"变"的别义，也对"正"而言。变而失正就是"乱"。《太史公自序》引《公羊》家董仲舒说"拨乱世，反之正，莫近于《春秋》"，就将"乱"与"正"对举。郑氏曾作"起〔《穀梁》〕废疾"，注《三礼》，并作"发〔《公羊》〕墨守"，他那风雅正变对立的见解，也该多少受到这一义的影响。

"正"，《说文》二下："是也。"有时又是"善"的同义词，见于郑氏的《仪礼注》。从消极方面解释，便是"行无倾邪也"；这也是郑氏的话，见于《周礼注》。"正"与"邪"对举，早见于《逸周书》，《王佩解》道："见善而怠，时至而疑，亡正处邪，是弗能居。"孔晁注："邪，奸术也。"贾谊《新书·道术》篇也道："方直不曲谓之正，反正为邪。"《礼记·乐记》以"中正无邪"为"礼之质"，也是"正""邪"对举。《乐记》论乐，又有"正声"和"奸声"的分别，本于《荀子·乐论》。《乐论》云：

凡奸声感人而逆气应之；逆气成象而乱生焉。正声感人而顺气应之；顺气成象而治生焉。唱和有应，善恶相象。故君子慎其所去就也。

乐是象征治乱善恶的，关系极大。奸声又称"邪音"或"淫声"，都见于

《乐论》；《乐记》又称为“淫乐”，说“世乱则礼慝而乐淫”——孔颖达《疏》：“淫，过也。”《吕氏春秋·古乐》篇论乐“有正有淫”，直以“正”与“淫”对举；高诱注：“正，雅也；淫，乱也。”《乐记》载子夏对魏文侯语，论“古乐”和“新乐”，称前者为“德音”，后者为“溺音”，也就是“正”“淫”之辨。子夏说古乐“和正以广”，新乐“奸声以滥，溺而不止”。又道：

> 夫古者天地顺而四时当，民有德而五谷昌，疾疢不作而无妖祥，此之谓大当。然后圣人作为父子君臣，以为纪纲。纪纲既正，天下大定。天下大定，然后正六律，和五声，弦歌诗颂。此之谓德音。德音之谓乐。……今君之所好者，其溺音乎?

文侯“问溺音何从出”，他答道：

> 郑音好滥淫志，宋音燕女（许维遹先生疑当作“安”字）溺志，卫音趋（促）数（速）烦志，齐音敖（傲）辟乔志。此四者皆淫于色而害于德，是以祭祀弗用也。

古代诗教与乐教是分不开的。古乐衰而新乐盛，正声微而淫声兴，是在春秋、战国之交，正是《汉书·天文志》说的“饥馑疾疫愁苦”的时代，《乐记》所谓“世乱”。这对于郑氏的诗正变说当给予若干的影响。不过诗的正变在乎所美刺的政教，“风雅正经”固然“为法者彰显”，“变风变雅”也“为戒者著明”——这并不减少诗本身的价值，跟新乐的生乱、害德是大不相同的。

但是对于诗正变说的最有力的直接的影响，也许是五行家所说的“诗妖”。《汉书》二十七中之上《五行志》引刘向《洪范·五行传》云：

> 言之不从，是谓不艾。厥咎僭，厥罚恒阳，厥极忧。时则有

诗妖。……

《志》里解释道：

“言之不从”，从，顺也。“是谓不乂”，乂，治也。孔子曰：“君子居其室，出其言不善，则千里之外违之；况其迩者乎？”（《易·系辞（上）》）《诗》云：“如蜩如螗，如沸如羹”（《荡》），言上号令不顺民心，虚哗愦乱，则不能治海内。失在过差，故其咎僭，僭，差也。刑罚妄加，群阴不附，则阳气胜，故其罚常阳也。旱伤百谷，则有寇难，上下俱忧，故其极忧也。君炕阳而暴虐，臣畏刑而拑口，则怨谤之气发于歌谣，故有诗妖。

《开元占经》一一三“童谣”节也引《洪范·五行传》云：

下既非君上之荆，畏严刑而不敢正言，则北（别？）发于歌谣，歌其事也。气逆则恶言至，或有怪谣，以此占之。故曰诗妖。

《荀子》将“奸声”和“逆气”相提并论，这里将“恶言”和“气逆”相提并论，正见出乐教、诗教的相通。据《五行志》，“妖”和“夭胎”同义，是兆头的意思。逆气生恶言的见解，春秋末年已经有了。《国语·周语（下）》单穆公谏周景王铸钟，曾道：

夫耳内（纳）和声而口出美言，以为宪令而布诸民，正之以度量。民以心力，从之不倦。成事不忒（原作“贰”，依王引之校改），乐之至也。口内味而耳内声，声味生气。气在口为言……若视听不和而有震眩，则味入不精，不精则气佚。气佚则

> 不和，于是乎有狂悖之言……民无据依，不知所力，各有离心。上失其民，作则不济，求则不获，其何以能乐？

这番话原也是论乐教的。“气佚”，韦昭注：“气放佚，不行于身体。”这气就是气质的气。《乐记》说到“逆气”，接着说“君子……惰慢邪辟之气不设于身体”，可见“惰慢邪辟之气”就是“逆气”。孔颖达《疏》以“逆气”为“奸邪之气”，刘向以“逆气”为“怨谤之气”，其实都是气质的气。刘向的话，和单穆公是相通的。单穆公说的是人君，“狂悖之言”指教令，刘向所谓“言之不从”说的也是在上位的人。不过他所谓“诗妖”却专指民间歌谣而言。单穆公似乎只据常识立论；刘向有阴阳五行说作背景，说得自然复杂些。“诗妖”既指民间歌谣——那些发泄“怨谤之气”的歌谣或“怪谣”，——而歌谣也是诗，那么，诗也有发泄“怨谤之气”的作用了。这种诗就是所谓“刺诗”；“刺”也就是“怨谤”。依《毛诗小序》，刺诗的数量远过于美诗（刺诗一百二十九篇，美诗二十八篇）——所以“变风变雅”也比“风雅正经”多得多（变诗二百零六篇，正诗五十九篇）。郑氏给《毛诗传》作《笺》，面对这事实，自然而然会转念头到“诗妖”上去。借了“诗妖”说的光，他去理会《诗大序》中“变风变雅”的所谓“变”；他说“弘福如彼”“大祸如此”，将祸福强调，显然见出阴阳五行说的色彩。他又根据天文和气象的正变，礼的正变，以及乐的正淫，将那表见“旧俗”——旧时美俗——的风诗雅诗，定为“风雅正经”，来和“变风变雅”配对儿，这样构成了他的风雅正变说。这一说确是他的创见。

风雅正变说和“诗妖”说的渊源，前人已经有指出的。清初汪琬给俞南史和汪森选的《唐诗正》作序，曾道：

> 诗风雅之有正变也，盖自毛、郑之学始。成周之初，虽在途歌巷谣而皆得列于“正”。幽、厉以还，举凡出于诸侯、夫人、公卿、大夫闵世病俗之所为，而莫不以“变”名之。“正变”云

> 云，以其时，非以其人也。……观乎诗之正变，而其时之废兴治乱、污隆得丧之数可得而鉴也。史家传志五行，恒取其“变”之甚者以为“诗妖”诗孽、“言之不从”之证。故圣人必用“温柔敦厚”为教，岂偶然哉？

这里虽未明说风雅正变说出于“诗妖”说，但能将两者比较着看，已是巨眼。“以其时，非以其人”一句话说“正变”最透彻。说到“温柔敦厚”的诗教，是说“变风变雅”虽“变而不失正”，还可以“正人心，端世教”，正是《诗大序》所谓“达于事变而怀其旧俗”和“止乎礼义，先王之泽也”的意思。惟其“变而不失正”，所以“变风变雅”并不因“变”而减少诗本身的价值。风雅正变说原只为解诗。不为评诗。不过在解诗方面，郑氏并没有能够自圆其说，如前所论。至于作诗方面，本非他意旨所及，正变说自然更无启发人处。他又说：“孔子录懿王、夷王时诗讫于陈灵公淫乱之事，谓之变风变雅。”陈灵公以后为什么连变风变雅也没有了呢？孔颖达《毛诗正义序》里的话也许可以补充他的意思。孔氏道：“成、康没而颂声寝，陈灵兴而变风息。”所谓“变风息”者，他在《诗大序疏》中道：

> 太平则无所更美，道绝则无所复讥，人情之常理也。故初变恶俗，则民歌之，风雅正经是也。始得太平，则民颂之，《周颂》诸篇是也。若其王纲绝纽，礼义消亡，民皆逃死，政尽纷乱——易》称“天地闭，贤人隐”——于此时也，虽有智者，无复讥刺。成王太平之后，其美不异于前，故颂声止也。陈灵公淫乱之后，其恶不可复言，故变风息也。班固云：“成、康没而颂声寝，王泽竭而诗不作”（《两都赋序》），此之谓也。

这番话将诗的发展看得太死了，有些强词夺理。但孔氏本于班固，班固又本于孟子。孟子道：“王者之迹熄而诗亡，诗亡然后《春秋》作。”

（《离娄》下）孟子说“诗亡”，班固说“诗不作”，郑氏不提“孔子录”的以后的诗——陈灵公以后的诗，自有他们的理由。孟子正生在古乐衰而新乐盛的战国时代，诗已不歌，新乐又不雅，而新的诗的传统也还没露一点芽儿，所以说是“诗”亡。班固跟着孟子说话；郑氏似乎也相信孟子的意见。郑氏生在东汉末年。四言诗从“三百篇”后一蹶不振，中间虽有拟作，也甚稀罕；到这时候才有新的乐府诗的传统建立起来。可是乐府诗原来大部分是“街陌谣讴”，后来也只是文人争相拟制；若说个人创作的抒情的五言诗，那要等到建安时代才诞生，等到正始时代的阮籍的手里才长成。因而评论作诗的工拙的风气也到建安时代才创始。郑氏不会想到作诗方面，也是自然而然。正变说既不能圆满地解诗，后世引用的便少。上文引过的汪琬的《唐诗正序》却声明由正变说以读唐诗，他道：

> 有唐三百年之间，能者间出。贞观、永徽诸诗，正之始也。然而雕刻组缋，犹不免陈、隋之遗。开元、天宝诸诗，正之盛也。然而李、杜两家联衽接踵，或近于跌宕流逸，或趋于沉着感愤，正矣，有变焉。降而大历以讫贞元，典刑具在，往往不失承平故风，庶几乎变而不失正者与？自是以后，其词愈繁，其声愈细，而唐遂陵夷以底于亡，说者比诸《曹》、《郐》“无讥”焉。凡此皆时为之也。
>
> 当其盛也，人主励精于上，宰臣百执趋事尽言于下，政清刑简，人气和平。故其发之于诗率皆从容而尔雅。读者以为正，作者不自知其正也。及其既衰，在朝则朋党之相讦，在野则戎马之交讧，政繁刑苛，人气愁苦。故其所发又皆哀思促节者为多，最下则浮且靡矣。虽有贤人君子，亦尝博大其学，掀决其气，以求篇什之昌，而卒不能进及于前。读者以为变，作者亦不自知其变也。是故正变之所形，国家之治乱系焉，人才之消长、风俗之隆污系焉。后之言诗者顾惟取一字一句之工以相夸尚，夫岂足以语此？

汪氏论正变，只是说诗反映时代，毫不带阴阳五行说的色彩；这就跟郑氏大不相同。我们现在也还是这种意见——一切文学反映时代。汪氏说“读者以为正，作者不自知其正”，“读者以为变，作者亦不自知其变”，可以补充郑氏的理论；提出“作者”，他的正变说便不专为解诗，而是兼为评诗了。他说李白“跌宕流逸”，杜甫“沉着感愤”，又说“最下则浮且靡”，“虽有贤人君子……卒不能进及于前”，都是在评诗。诗到唐代，个人创作的传统已几经递嬗，“作者”和诗本身的价值的重要，早经公认。论唐诗的不但要“以其时”，还要“以其人”、以其诗。汪氏由正变说以读唐诗，而不能不牵涉到评诗，也还是个自然而然。他又提到初唐诗“雕刻组缋，犹不免陈、隋之遗”，这又牵涉到作诗方面；又提到“后之言诗者惟取一字一句之工以相夸尚”，是兼论评诗和作诗。按他的正变说，陈、隋“雕刻组缋”跟后来作诗求“一字一句之工”也该是“变”，不过变而“失正”罢了。这样将正变说引用到评诗和作诗两方面，是郑氏想不到的。这两方面的引用，起源远在六朝，后来逐渐发展。汪氏自然也受到影响。这可以称为诗体正变说；从郑氏的风雅正变说出来，却不是直线的发展，而是“旁逸斜出”的发展。

二　诗体正变

六朝论文，可以梁昭明太子和元帝兄弟为代表。昭明《文选序》别裁经、子、辞、史，以为都不是文；他注重“综缉辞采”，“错比文华”，举“事出于沉思，义归乎翰藻”为文的标准。“事”是事类，就是典故；“藻”指譬喻，也兼指典故。“事出于沉思，义归乎翰藻”是善于用事，善于用比的意思。元帝《金楼子·立言》篇说：“吟咏风谣，流连哀思者谓之文”，又说：“文者，惟须绮縠纷披，宫征靡曼，唇吻遒会，情灵摇荡。”所谓“绮縠纷披”，也当指用事用比而言。六朝论诗，可以钟嵘和刘勰为代表。《诗品序》指出：“气之动物，物之感人，故摇荡性情，形诸舞咏。”可是当时的诗：

> 颜延、谢庄尤为繁密，于时化之。故大明、泰始中，文章殆同书抄。近任昉、王元长等，辞不贵奇，竞须新事。尔来作者浸以成俗。遂乃句无虚语，语无虚字，拘挛补衲，蠹文已甚。但自然英旨，罕值其人。词既失高，则宜加事义；虽谢天才，且表学问，亦一理乎？

《文心雕龙·明诗》篇也道：

> 宋初文咏，体有因革。庄、老告退，而山水方滋。俪采百字之偶，争价一句之奇；情必极貌以写物，辞必穷力而追新。此近世之所竞也。

“竞须新事”明指用事，“辞必穷力而追新”似乎也指的用事用比，都可见当时风气，但由钟、刘两家的话，知道求“新”更为当时作者所重。

“新”是创造，对旧而言是“变”；隋、唐以来，“新变”往往连称。《南齐书》五十二《文学传论》道：

> 习玩为理，事久则渎。在乎文章，弥患凡旧。若无新变，不能代雄。

这里说能求“新变”才能独自成家，雄长一代。《梁书》四十九《庾肩吾传》道：

> 齐永明中，文士王融、谢朓、沈约，文章始用四声，以为新变。至是转拘声韵，弥尚丽靡。

用事用比之外，声律也是求得“新变”的一条路。又《梁书》三十《徐摛传》说他：

> 属文好为新变，不拘旧体。

当时不满这类“新变”的，或以为“拘挛补衲”而失自然，或以为“转拘声韵”而“伤真美”；但“不拘旧体”也该是贵古者的一种口实。《隋书》十五《音乐志》道：

> 开皇中……有曹妙达、王长通、李士衡、郭金乐、安进贵等，皆妙绝弦管，新声奇变，朝改暮易，持其音技，估炫王公之间，举时争相慕尚。高祖病之，谓群臣曰：“闻公等皆好新变，所奏无复正声，此不祥之大也。……”

这里“正声”与“新变”对举。乐尚“新变”，“无复正声”；文好“新变”，“不拘旧体”，道理是一样的。隋高祖以“无复正声”为病，也该有人以“不拘旧体”为病。《文心雕龙·通变》篇就有这个意思，下文详论。

风雅正变的“变”，指的“政教衰”、“纪纲绝”，指的时世由盛变衰。这里并不曾应用那影响巨大的《易传》的“变”的哲学。《易·系辞传》道：

> 《易》穷则变，变则通，通则久（下）。

这似乎是“变”的哲学的纲领。“变”与“通”是连着的，而“通”与“穷”是对着的。“通”才能“久”，“久”便无穷。《系辞传》又道：

> 变通莫大乎四时（上）。

荀爽注："四时相变，终而复始也。"（《周易集解》十四）这似乎是一种循环论。但是无论如何

> 变通者，趣（趋）时者也（下）。

"趣时"就不至于固执了。又道：

> 形而上者谓之道，形而下者谓之器。化而裁之谓之变，推而行之谓之通；举而错之天下之民谓之事业（上）。

道与器都可以"变""通"而成事业，所以

> 变而通之以尽利（上）。
> 通变之谓事（上）。

"变"的作用如此之大，风雅正变的"变"显然跟这种"变"不相干。"新变"的"变"倒似乎有意无意间在应用着这种哲学。我们可以说梁、陈以至隋、唐之际，文论开始采用了这种"变"的哲学。

通变说的应用固然可以解释求新，而在求新成为风气之后，这一说却也可以帮助复古论者张目。《文心雕龙·通变》篇就有这个倾向。

> 夫设文之体有常，变文之数无方。何以明其然耶？凡诗赋书记，名理相因，此有常之体也。文辞气力，通变则久，此无方之数也。名理有常，体必资于故实。通变无方，数必酌于新声。故能骋无穷之路，饮不竭之源。然绠短者衔渴，足疲者辍涂。非文理之数尽，乃通变之术疏耳。……搉而论之，则黄、唐淳而质，虞、夏质而辨，商、周丽而雅，楚、汉侈而艳，魏、晋浅而绮，

宋初讹而新。从质及讹，弥近弥澹。何则？竞今疏古，风味气衰也。

今才颖之士刻意学文，多略汉篇，师范宋集。虽古今备阅，然近附而远疏矣。夫青生于蓝，绛生于蒨，虽逾本色，不能复化。桓君山云："予见新进丽文，美而无采，及见刘、杨言辞，常辄有得。"此其验也。故练青濯绛，必归蓝蒨；矫讹翻浅，还宗经诰。斯斟酌乎质文之间，而櫽栝乎雅俗之际，可与言通变矣。……若乃龌龊于偏解，矜激乎一致，此庭间之回骤，岂万里之逸步哉！

文中承认"文辞气力，通变则久"，"数必酌于新声"，但像当时那样"竞今疏古"，蔽于偏而不知全，便不免千篇一律，"风味气衰"。文中论"宋初讹而新"，"讹"，化也，又有"妖"义；"新"而不"雅"，"新"而失正，"新"得过了分，便是"讹"。"讹"自然不会"淳"，"淳"是浓，是厚，不淳就薄了，"澹"了。这时候好像"文理之数尽"，走投无路；其实也不然。只要"矫讹翻浅，还宗经诰"，"斟酌乎质文之间，而櫽栝乎雅俗之际"，还可通变起去，路还是"无穷"的。清代纪昀评这一段道：

彦和以通变立论。然求新于俗尚之中，则小智师心，转成纤仄。……故挽其返而求诸古。盖当代之新声既无非滥调，则古人之旧式转属新声。复古而名以通变，盖以此尔。

这番话透彻地说出复古怎样也是通变，解释刘氏的用意最为确切。

刘氏以复古为通变，虽然近于循环论，但确是创见；他针对当时的情形，给指出了一条新路。不过他的意见在当时似乎没有发生什么影响，他的影响直到唐代才显著。首先以复古号召的是陈子昂，他在《与东方左史虬修竹》篇的叙里劈头便道：

文章道弊五百年矣。汉、魏风骨，晋、宋莫传，然而文献有可征者。仆尝暇时观齐、梁间诗，彩丽竞繁，而兴寄都绝，每以永叹。窃思古人，常恐逶迤颓靡，风雅不作，以耿耿也。

（《陈伯玉文集》一）

他要将诗还到风雅，还到汉、魏；他作《感遇诗》三十八章，是学阮籍的。卢藏用给他的文集作序，说道：“道丧五百岁而得陈君……卓立千古，横制颓波；天下翕然，质文一变。”又说：“至于感激顿挫，微显阐幽，庶几见变化之朕，以接乎天人之际者，则《感遇》之篇存焉。”（《全唐文》二三八）所谓“质文一变”，所谓“变化之朕”，正是《文心·通变》的意思。李白继子昂之后提倡诗“复古道”，他说“梁、陈以来，艳薄斯极，沈休文又尚以声律；将复古道，非我而谁与！”（《本事诗·高逸》第三）他的古风第一首论的更详：

大雅久不作，吾衰竟谁陈！《王风》委蔓草，战国多荆榛；龙虎相啖食，兵戈逮狂秦。正声何微茫！哀怨起骚人。扬、马激颓波，开流荡无垠。废兴虽万变，宪章亦已沦。自从建安来，绮丽不足珍。圣代复玄古，垂衣贵清真。群才属休明，乘运共跃鳞；文质相炳焕，众星罗秋旻。我志在删述，垂辉映千春。希圣如有立，绝笔于获麟。

（《李太白集》三）

“大雅久不作”，“正声何微茫”，“废兴虽万变，宪章亦已沦”，也将“正”“变”对举。所谓“正声”，就是《诗谱序》的“风雅正经”；不过“废兴万变”的“变”，却是“以其人”兼“以其时”，“宪章已沦”也如此。“绮丽”似乎侧重“其人”，侧重诗体的“变”，但也还是“时为之”，所以说“自从建安来，绮丽不足珍”。诗末说唐代“复玄古”，

"贵清真"；"清真"就是《诗品序》所谓"自然"，也就是太白《赠江夏韦太守良宰》诗里所谓"清水出芙蓉，天然去雕饰"（《集》十一）。"绮丽"是"文胜质"，他要的是"文质相炳焕"，《文心》所谓"斟酌乎质文之间"。他虽然说过"兴寄深微，五言不如四言，七言又其靡也"（《本事诗·高逸》第三），可是还只作五七言诗，而七言更多；七古和七绝两体且都成立在他手里。他的复古其实是革新，其实也是通变。

韩愈是提倡古文的第一个人。他在《与冯宿论文书》里将"应事"而作的"俗下文字"与"古文"对立（《韩昌黎集》十七）；又在《答刘正夫书》里说为文"宜师古圣贤人"（《集》十八）。他所师的古圣贤人，《进学解》列出详目：

> 作为文章，其书满家。上规姚、姒，浑浑无涯；周诰殷盘，佶屈聱牙。《春秋》谨严，《左氏》浮夸。《易》奇而法，《诗》正而葩。下逮《庄》《骚》，太史所录；子云、相如，同工异曲。
>
> （《集》十二）

这就是《答李翊书》中所谓"非三代两汉之书不敢观"（《集》十六）。他"思古人而不得见，学古道则欲兼通其辞"；所谓"通其辞"，便是"取其句读不类于今者"（《题欧阳生哀辞后》，《集》二十二）。他虽说过要"直似古人"（《与冯宿书》），但"取其句读不类于今"，其实正是"惟陈言之务去"（《答李翊书》），是自造新语。《旧唐书》一六〇本传说得好：

> 〔愈〕常以为自魏、晋已还为文者多拘偶对，而经诰之指归，迁、雄之气格不复振起矣。故愈所为文务反近体，杼意立言，自成一家新语。

李翱《祭吏部韩侍郎文》也道："六经之学，绝而复新；学者有归，大变于文"（《李文公集》十六）。韩愈的复古还只是通变。后来到了宋代，古文已成正宗，所以苏轼《潮州韩文公庙碑》说"天下靡然从公，复归于正，盖三百年于此矣"（《东坡先生全集》十七）。在唐为变，在宋却成"正"了。通变而以复古号召，就是利用这种循环论，以便取得正宗的地位。韩愈门下还有个皇甫湜，论文尚奇，更见出"务反近体"，自造新语的师传。他在《答李生第二书》道：

> 夫谓之奇，则非正矣，然亦无伤于正也。谓之奇，即非常矣；非常者，谓不如常者，谓不如常，乃出常也。无伤于正而出于常，虽尚之亦可也。……夫文者非他……言之华者也。其用在通理而已，固不务奇，然亦无伤于奇也。使文奇而理正，是尤难也。
>
> （《皇甫持正文集》四）

"奇正"本是兵家语，《孙子》卷五《势》篇道：

> 战势不过奇正。奇正之变，不可胜穷也。奇正相生，如循环之无端，孰能穷之？

所以"变"有"奇"义，《文选·西京赋》"尽变态乎其中"，薛综注："变，奇也。"六朝论文，就有"奇变"的话。《宋书》六十九《范晔传·狱中与诸甥侄书》道："'赞'自是吾文之杰思，殆无一字空设，奇变不穷。"可见皇甫湜尚奇，也不外乎求变。

唐代古文虽一直以复古为通变，诗却从杜甫起多径趋新变，而且"奇变不穷"。杜甫并不卑视齐、梁，而是主张"转益多师"；又颇用心在新兴的律诗上，他要"遣辞必中律"（《桥陵诗》三十韵《杜少陵集详注》三），并且自许"晚节渐于诗律细"（《遣闷呈路曹长》，《集》

十八）。他“为人性僻耽佳句，语不惊人死不休”（《江上值水如海势》，《集》十），明王世贞《艺苑卮言》卷四说他“以独造为宗”，是不错的。作诗这样“以独造为宗”的，杜甫以后，得推韩愈。欧阳修《六一诗话》道：

退之笔力无施不可，而尝以诗为文章末事。故其诗曰：“多情怀酒伴，馀事作诗人”（《和席》八十二韵，《集》十）也。然其资谈笑，助谐谑，叙人情，状物态，一寓于诗。

“资谈笑，助谐谑”，已经是“独造”了，而《荐士诗》称孟郊“横空盘硬语，妥帖力排奡”（《集》三十二），也是自白，更见出他“独造”的功夫。他虽“以诗为文章末事”，可是狮子搏兔，还是用全力的。杜、韩两家影响宋诗最大。但宋人有说韩诗是“押韵之文”的，有说他“以文为诗”的；似乎他的“独造”比较杜为甚，他是更趋向新变些。杜、韩两家却都并“不自知其变”；得等到宋代才有以他们为变的读者。第一个能察变的人该推苏轼。他《书黄子思诗集后》道：

余尝论书，以谓钟、王之迹萧散简远，妙在笔画之外。至唐颜、柳，始集古今笔法而尽发之，极书之变。天下翕然以为宗师。而钟、王之法益微。至于诗，亦然。苏、李之天成，曹、刘之自得，陶、谢之超然，盖亦至矣。而李太白、杜子美以英玮绝世之姿凌跨百代，古今诗人尽废。然魏、晋以来高风绝尘亦少衰矣。

（《全集》六十七）

又曾说道：

书之美者莫如颜鲁公，然书法之坏自颜始。诗之美者莫如韩文公，然诗格之变自韩始。

（《苕溪渔隐丛话前集》十七引）

所谓“天成”、“自得”、“超然”、“高风绝尘”，只是自然和浑成的意思，跟书法的“萧散简远，意在笔画之外”相通。苏氏看出李、杜、韩极诗之变，恰如颜、柳“极书之变”一般；但那“高风绝尘”的衰息，他还是在低徊惋惜着的。文体的变是有意的复古的主张，所以他说“复归于正”；诗体的变只是自然的求新的趋向，所以他不免怀古的口吻。后来朱子也论到诗体的变，他《答巩仲至（丰）书（四）》道：

古今之诗凡有三变。盖书传所记，虞、夏以来下及魏、晋，自为一等。自晋、宋间颜、谢以后下及唐初，自为一等。自沈、宋以后定著律诗下及今日，又为一等。然自唐初以前，其为诗者固有高下，而法犹未变。至律诗出而后诗之与法始皆大变，以至今日，益巧益密，而无复古人之风矣。

（《朱文公文集》六十四）

所谓“古人之风”，也指的“高风远韵”。但他以“高风远韵”为“根本准则”，便和苏氏有些出入。他说“坡公病李、杜而推韦、柳，盖亦自悔其平时之作而未能自拔者”（《答巩书》三，《集》六十四），就指的《书黄子思诗集后》那一篇里的话。“病李、杜”显然不合苏氏原意；说他“自悔其平时之作”，似乎也出于成见。

不过这种以“高风远韵”为正宗的意见，后来却成了一般的意见。如刘克庄的《韩隐君诗序》道：

后人尽诵读古人书，而下语终不能仿佛风人之万一，余窃惑焉。或古诗出于情性，发必善，今诗出于记问博而已。自杜子美未免此病。

（《后村先生大全集》九十四）

又《竹溪诗序》道：

唐文人皆能诗，柳尤高，韩尚非本色。迨本朝则文人多，诗人少。三百年间，虽人各有集，集各有诗，诗各自为体，或尚理致，或负材力，或逞辨博，少者千篇，多至万首，要皆经义策论之有韵者，亦非诗也。（同上）

刘氏对杜、韩两家都有微词。严羽《沧浪诗话》也道：

近代诸公乃作奇特解会，遂以文字为诗，以才学为诗，以议论为诗。夫岂不工？终非古人之诗也。盖于一唱三叹之音有所歉焉。

（《诗辨》）

所谓“仿佛风人”，所谓“一唱三叹之音”，都就是“高风远韵”。这种意见又是复古的倾向，但也还是为的通变。原来宋诗自黄庭坚以来，有意地求新求变求奇。他指出“以俗为雅，以故为新”的法门，说是“举一纲而张万目”，并且说这是“诗人之奇”（《再次韵杨明叔诗》引，《山谷诗内巢》十二）。又倡所谓夺胎换骨法，说道：

诗意无穷而人之才有限。以有限之才追无穷之意，虽渊明、少陵不得工也。然不易其意而造其语，谓之换骨法，窥入其意而形容之，谓之夺胎法。

（《冷斋夜话》）

这又是“以故为新”的节目。黄氏开示了这种法门，给后学无穷方便；大家都照他指出的路子“穷力追新”，这就成了江西诗派——惟其有法门可以传授，才能自立宗派。但宗派既成，沿流日久，又不免刘勰说的“龌龊于偏解，矜激乎一致”，“竞今疏古，风味气衰”。于是乎从朱子起又有了复古论。这回的复古的理论到了明代实现，所谓“文必秦汉，诗必盛唐”；但也造成了一种新风气。

文到六朝成为专科之学。范晔作《后汉书》，创立《文苑列传》，钟嵘定《诗品》，刘勰论《文心》，都在此时。而刘氏更注重文体的代变。《时序》篇开端道：“时运交移，质文代变，古今情理，如可言乎？”接着就从陶唐叙到江左，作一断语：

> 故知文变染乎世情，兴废系乎时序；原始以要终，“虽百世可知也”。

《文心》上篇论列各体，也都详述源流迁变。在前沈约已经论到文体的变，《宋书》六十七《谢灵运传论》中道：

> 自汉至魏四百馀年，辞人才子，文体三变。相如工为形似之言，二班长于情理之说，子建、仲宣以气质为体。并标能擅美，独映当时。

以下直叙到宋代的颜、谢为止。但刘氏论文，专门名家，详备自然远在沈约之上。他们这些文字却都是我国文学史的开山之作，见出独具手眼。根柢在他们能识变；而这又是跟当时追求“新变”的风气相应的。刘勰以后，论“文变”的便多起来。唐人修六朝史书，多有文苑传或文学传，传各有序或论，皆论“文变”；并且多引《易传》“观乎天文以察时变，观乎人文以化成天下”二语（《贲卦彖辞》，《周易》三）为论据，正见出六朝以来的风气。文士著作中也有论的，前引卢藏用的《陈子昂集序》末云，“故粗论文变而为之序”，便是一例。这些都是通论历代“文变”；

至于专论一代的，似乎从宋祁《唐书》二〇一《文艺传序》创始。他说“唐有天下三百年，文章无虑三变”，王、杨是一变，燕、许是一变，韩愈又是一变。专论诗体的变的也有通论和断代的分别。严羽《沧浪诗话》有《诗体》一篇，辨析历代诗体最细；他分唐诗为“唐初”、“盛唐”、“大历”、“元和”、“晚唐”五体，是至今通行的“四唐”说的源头。

“文变”是指诗文体的变；这个“变”是“患凡旧”，是“化而裁之”，是“趣时”。复古也罢，求新也罢，“变”的总是新的；“变”能成体，这新的就是好的，即使未必是更好的。“变则通，通则久”，“变”是可喜的。明白了通变的道理，便不至于一味地隆古贱今，也不至于一味地竞今疏古，便能公平地看历代，各各还给它一副本来面目。分体或分期，就为的看清楚这些个本来面目。唐代的诗比历代盛，也比文盛，所以严氏分体最多。后来论诗体的也特别注重唐代。元时杨士弘选录唐诗，成《唐音》一集，叙目里说唐人选唐诗多载中晚唐人诗，盛唐诗甚少，宋人选唐诗也多载晚唐人诗。他原来也只能读到这些选本，后来才得着人家收藏的许多初唐、盛唐诗，“于是审其音律之正变，而择其精粹，分为‘始音’，‘正音’，‘遗响’，总名曰《唐音》。”他将严氏的五体并为“唐初”，“盛唐”，“中唐”，“晚唐”四体；所谓“中唐”，包括“大历体”“元和体”，是杨氏新立的名目。这样就见得整齐了。唐、宋人选诗侧重中晚唐，正是《文心》所谓“近附而远疏”；杨氏采取严羽的理论，分期精择，便公平得多。他特别注重音律，所以集名《唐音》，又以“音”“响”标目。叙目里道：

> 夫诗之为道，非惟吟咏情性、流通精神而已，其所以奏之郊、庙，歌之燕、射，求之音律，知其世道，岂偶然哉？

律体新创于唐代，古诗和律诗的分别就在音律上；重音律正是唐诗的面目。杨氏看清楚了这副面目，所以说“审其音律之正变”，又说“求之音律，知其世道”，“世道”就是“时”。“音律之正变”虽“以其时”，更“以其人”、以其诗，所以他的“正音”里有“唐初”和“盛唐”，也有“中唐”和“晚唐”，前二者为一类，后二者又为一类。他说“世次不同，音律高下虽各成家，然体制声响相类”，可见所重在“其人”、其体、其诗。他的“始”“正”之分是“以其人”兼“以其时”；“正”“遗”之分是以其诗、“以其人”兼“以其时”。

明初高棅的《唐诗品汇》承《唐音》而作，《总叙》里说得明白；他也采取严羽的诗论，并见《总叙》中。《总叙》论唐诗的变道：

> 有唐三百年诗，众体备矣，故有近体、往体长短篇，五七言律、绝句等制。莫不兴于始，成于中，流于变，而陊之于终。至于声律、兴象、文词、理致，各有品格高下之不同。略而言之，则有初唐、盛唐、中唐、晚唐之殊。

“详而分之”：“贞观、永徽之时”是“初唐之始制”，“神龙以还，洎开元初”是“初唐之渐盛”。“开元、天宝间”是“盛唐之盛”。“大历、贞元中”是“中唐之再盛”。“下洎元和之际”是“晚唐之变”，“降而开成以后”是“晚唐变态之极；而遗风馀韵犹有存者焉”。这是后来所谓“四唐”；初、盛、中、晚各有定限，不仅仅是分体，而且是分期。按这个分期，初唐不包括高祖时代，中唐也太短，还不甚适用。明末沈骐在《诗体明辨》的序里分唐诗为“四大宗”，修正了这两处。后来便照两家所论，限年分期：初唐从高祖武德元年算起，到玄宗开元初，约一百年间（西元六一八至七一三）。盛唐从开元元年到代宗大历初，约五十年间（七一三至七六六）。中唐从大历元年到文宗太和九年，将高氏所谓“晚唐之变”并入，约八十年间（七六六至八三五）。晚唐从文宗开成元年到昭宗天祐三年，约七十年间（八三六至九〇六）。至今通行的四唐说便是如此。虽然有人根本反对这个分期，也有人推敲各期的界划，但是四唐说渐渐为一般论诗者所公认，并且流行至今；因为它给人方便，让人更清楚地看见唐诗的种种面目。在我国文学史上，四唐说是惟一的断限的分期；一般论文的人总害怕“支离割剥”，所以尝试这种断限的分期的绝无仅有。从现在看来，这一说实在是一个重要的创始。而这个创始还是以“文变”说为依据。《品汇·总叙》说选诗“校其体裁，分体从类，随类定其品目，因目别其上下，始终正变，各立序论”。品目有九，称为“九格”。初唐是“正始”。盛唐是“正宗”，“大家”，“名家”，“羽翼”。中唐是“接武”。晚唐是“正变”，“馀响”。方外、异人等是“旁流”。初、盛、晚各自为“正”，中唐“接武”，自然也有其为“正”者。《总叙》又道：

> 诚使吟咏性情之士观诗以求其人，因人以知其时，因时以辩其文章之高下，词气之盛衰，本乎始以达其终，审其变而归于正，则优游敦厚之教，未必无小补云。

这里以诗为主，因诗及人，因人及时，再因时及诗，跟风雅正变说专“以其时”的大不相同了。“审其变而归于正”一语虽然侧重在“正”，但这个“正”并不是风雅正变的“正”，而是“变之正”，“趣时”的“正”；高氏以为一“时”的诗自有其“正”，他对于“时”是持着平等观的。

论“文变”的人，对于“时”多少持着平等观，但也还不免贵远贱近或“竞今疏古”的偏见；前者如《沧浪诗话》诋抑中晚唐诗，后者如《唐音》不录李、杜、韩三家。明末清初以来，公正不颇的平等观才渐渐出现。顾炎武《日知录》二十一《诗体代降》条云：

> 《三百》篇之不能不降而《楚辞》，《楚辞》之不能不降而汉、魏，汉、魏之不能不降而六朝，六朝之不能不降而唐，势也。用一代之体，则必似一代之文，而后为合格。
>
> 诗文之所以代变，有不得不变者。一代之文沿袭已久，不容人人皆道此语。今且千数百年矣，而犹取古人之陈言一一而摹仿

之，以是为诗，可乎？故不似则失其所以为诗，似则失其所以为我。李、杜之诗所以独高于唐人者，以其未尝不似而未尝似也。知此者“可与言诗也已矣”。

所谓“沿袭已久”，便是《南齐书·文学传论》说的“弥患凡旧”。顾氏能从诗体上确切断定诗有“不得不变”之“势”，是他的独到处；虽然他又说“不能不降”，还不免“伸正而诎变”的意思。至于“未尝不似而未尝似”，该是前引汪琬所谓“变而不失正者”，不过顾氏专就诗体立论罢了。稍后叶燮作《原诗》，论盛衰正变，更见通达明晓。他道：

自有天地以来，古今世运气数，递变迁以相禅。古云，天道十年一变，此理也，亦势也。无事无物不然。宁独诗之一道胶固而不变乎？今就《三百篇》言之，风有正风、有变风，雅有正雅、有变雅。风雅已不能不由正而变，吾夫子亦不能存正而删变也。则后此为风雅之流者，其不能伸正而诎变也明矣。

这里“不能伸正而诎变”，真是一语破的。又道：

诗之为道，未有一日不相续相禅而或息者也。但就一时而论，有盛必有衰；综千古而论，则盛而必至于衰，又必自衰而复盛。非在前者之必居于盛，后者之必居于衰也。

（《内篇》）

又道：

且夫风雅之有正有变，其正变系乎时，谓政治风俗之由得而失，由隆而污。此以时言诗，时有变而诗因之。时变而失正，诗变而仍不失其正。故有盛无衰，诗之源也。吾言后代之诗有正有变，其正变系乎诗，谓体格、声调、命意、措辞新故升降之不同。此以诗言时，诗递变而时随之。故有汉、魏、六朝、唐、宋、元、明之互为盛衰，惟变以救正之衰。故递衰递盛，诗之流也。（同上）

他指出诗在“相续相禅”，无日或息，就是说诗老是在“变”；其间“递衰递盛”，不能说在前必盛，在后必衰。而“后代之诗”“正变系乎诗”，系乎体，“诗递变而时随之”，所以当“以诗言时”，跟风雅正变说“以时言诗”不同。他又道：

或曰：“温柔敦厚，诗教也。汉、魏去古未远，此意犹存，后此者不及也。”不知温柔敦厚，其意也，所以为体也，措之于用则不同。辞者，其文也，所以为用也，返之于体则不异。汉、魏之辞，有汉、魏之温柔敦厚；唐、宋、元之辞，有唐、宋、元之温柔敦厚。……（同上）

这也就是高棅说的“审其变而归于正，则优游敦厚之教未必无小补”，不过更为直截了当罢了。诗体正变说经叶氏这一番阐发而大明。

历来倡复古的都有现成的根据；主求新的却或默而不言，或言而不备。叶氏论诗体正变，第一次给“新变”以系统的理论的基础，值得大书特书。他说“诗之源流本末、正变盛衰，互为循环”，“惟正有渐衰，故变能启盛”：

如建安之诗，正矣，盛矣，相沿久而流于衰。后之人力大者大变，力小者小变。六朝诸诗人间能小变，而不能独开生面。……迨开、宝诸诗人始一大变。……杜甫之诗，包源流，综正变……巧无不到，力无不举，长盛于千古，不能衰，不可衰者也。……唐诗为八代以来一大变，韩愈为唐诗之一大变，其力大，其思雄，崛起特为鼻祖。……愈尝自谓“陈言之务去”。……晚唐诗人亦以陈言为病，但无愈之力，故日趋于尖新纤巧。至于宋，人之心手日益以启，纵横钩致，发挥无馀蕴。……如苏轼之诗，其境界皆开辟古今之所未有，天地万物，嬉笑怒骂，无不鼓舞于笔端而适如其意之所欲出。此韩愈后一大变也，而盛极矣。自后或数十年而一变，或百馀年而一变，或一人独自为变，或数人而共为变，皆变之小者也。其间或有因变而得盛者，然亦不能无因变而益衰者。（同上）

变有小大，“有因变而得盛者”，也有“因变而益衰者”。“伸正而诎变”并非全无理由；只是向来“伸正而诎变”的不加辨别，一笔抹杀，却不合道理。这段话发挥“变”的意义最为详切，真可算得“毫发无遗憾”。叶氏竭力攻击明代的复古派，但又似乎不愿意赞助求新的公安派和竟陵派，因为一个太率，一个太僻。他所以自辟蹊径来论盛衰正变；他的求新的倾向其实还是跟那两派一致的。稍后王士祯倡“神韵”，再后沈德潜倡“格调”，又都以复古为通变。但袁枚接着倡“性灵”，翁方纲接着倡“肌理”，诗又趋向新变。直到“文学革命”而有新诗，真是“变之极”了。新诗以抒情为主，多少合于所谓“高风远韵”，大概可以算得变而“归于正”罢。

叶氏说诗的正变盛衰，“互为循环”；又说“惟正有渐衰，故变能启盛”，就是“循环”的注脚。在前明代王世贞也曾偶然见到这里，他在《艺苑卮言》卷四中道：

衰中有盛，盛中有衰，各含机藏隙。盛者得衰而变之，功在创始；衰者自盛而沿之，弊由趋下。……此虽人力，自是天地间阴阳剥复之妙。

这里论盛衰正和叶氏合拍，而语更详。按这个说法，我们也可以说“变中有正，正中有变”。“变”本来还有“更相生”一义，见于《淮南子·原道》篇高诱注，正可以用在此处。正变相生是“循环”，王世贞的话是一例。但说“循环”的倒不一定相信循环论，照《原诗》所说，这个“环”其实是越来越大的。所以变而成体，就那一体而论，变固然是好的；综所有的体而论，这一变有加富增华之功，又是更好的。向来论“文变”的多说“变”而少说“正”，好像有变而无正似的。其实不然。他们的意思，变不一变，正也非一正；由正而变，变可以成正，但后正跟前正不一样，所谓“措之于用则不同”，“返之于体则不异”；而这个后正又将复变，如此的循环不穷。苏轼说韩愈出而天下之文“复归于正”，高棅说“审其变而归于正”，该都是变而成正的意思。这个“正——变——正”便是“文变”的程式，和德国大哲海格尔“正——反——合”的辩证法颇有相似处；而变总是有道理的，也合于他所说“凡现实的都是有道理的”。“文变”虽然兼诗文体而言，而以《易传》“变”的哲学为依据，但是六朝、隋、唐以至宋代，论“变”的都隐含“正”义，明、清以来，更显举“正”名，足见还是从风雅正变说推衍而出。不过不用来解诗，而用来评诗并指示作诗门径罢了。所以说这是“旁逸斜出”的发展。